人類最悪のシナリオ

東京水爆投下の大悲劇

寺島　祐

東京図書出版

この作品はフィクションであり、実在の人物、団体とは一切関係ありません。

東京水爆投下の大悲劇◆目次

プロローグ

世界各地で起きる宗教の対立と民族の対立は人間の尊厳を踏みにじる愚かな行為だ。

あのキリスト教徒22億人とイスラム教徒16億人の壮絶な戦い。悲しいことに欧米人とアラブ人の根深い宿命的な戦闘が今も続いている。

ここで断言する。人類はいかなる理由があろうとも核戦争をしてはならない。なぜなら、放射能物質で地球が死滅するからだ。

序章

突如、全世界に赤い衝撃が走った。平和を願う国際ルールを無視して北朝鮮が水爆の核実験をやってのけた。しかも常日頃、大変お世話になっているあの経済大国の中国政府に無断で。人口がわずか2400万人しかいないあの北朝鮮は、経済的に貧しい国なので、もうこれ以上兵力を増やすことはできない。燃料不足で軍事演習すらできない有り様だ。

年間軍事費がわずか6000億円しかなく、その中の4000億円が日米韓を揺さぶる核ミサイルの開発と実戦配備に使われている。

世界でアメリカ、ロシア、中国の3カ国だけが保有する長距離ミサイルは、敵国の都市や基地を狙う為の戦略ミサイル、通称ICBM（大陸間弾道ミサイル）と呼ばれ、射程距離が2000〜6000キロメートルにも及ぶ。

核保有大国のアメリカとロシアだけが核の3本柱である地上発射基地、戦略爆撃機、核搭載型潜水艦を保有し、核攻撃の完全な抑止力を持っている。予算が無い中国は戦略爆撃機の開発が遅れ、時代遅れの老朽化した爆撃機しかない。背伸びするイギリスとフランスは軍事予算の大幅な削減を実行しながらも、核弾頭ミサイルが発射できる潜水艦だけはしっかり保有している。

ちなみに、ＧＤＰ（国内総生産）はアメリカ、中国、日本、ドイツの順になっている。

仮に、敵国に核爆弾を撃ち込まれても、核弾頭ミサイル搭載型潜水艦が一隻でもあれば、その後、海に深く隠れて核の報復攻撃ができる。これは究極の抑止力があると言える。

「もし、やられたら。いいか、徹底的にやりかえせ。とにもかくにも10倍返しだ」

これは、アメリカ、中国、ロシア、北朝鮮など、どこの国も同じ考えを持っている。


北は愛国心の強い実戦部隊20万人の軍人を保持するだけでも大変な経費がかかる。そこで核開発を急いだ方がはるかに安価だと知り、現在北の狂国は死に物狂いで核弾頭ミサイルの発射基地を建設している。通常ミサイルは１０００発保有している。

現時点では10カ所以上のミサイル発射基地が完成して２００発以上の核弾頭ミサイルが配備されている。

北朝鮮の中距離弾道ミサイル「ノドン」は、わずか7分間で日本の領土に着弾する恐ろしい核兵器だ。北朝鮮のスパイ（破壊工作員）が日本国内でテロを起こす計画がある。まず、手始めに警備力の低い日本の原子力発電所、とりわけ全国にある17カ所が標的になるだろう。

だがしかし、日本国内には北の在日が３万４０００人もいる。一方、日本国内で稼いだパチンコの売り上げ約２００億円を毎年北に送金している事実がある。

ちなみに日本国内にあるパチンコ店は1万2000店で売上高が20兆円、その1割が北朝鮮系で朝鮮総連が北と日本のパイプ役をしている。どう考えても北が朝鮮総連を見限ってまで日本をミサイル攻撃することはないだろう。

日本からの200億円の送金やアメリカと日本の政治、経済、軍事情報が簡単に入手できるから日本を攻撃しない。たびたび、日本海にミサイルを発射するのは韓国と日本を動揺させて不安をあおり、仇敵のアメリカを困らせる嫌がらせにすぎない。

アメリカは北朝鮮の核の脅威から自国を守る為、国連の安保理に働きかけて北朝鮮をとことん締め上げようとするが、悲しいことにいつも土壇場で中国やロシアに強力に足を引っ張られて失敗する。

ただでさえ、頭のおかしい中国を封じ込める戦略に頭を使っているさなか、こともあろうにあの貧乏国北朝鮮がとんでもないことをやらかしたとアメリカの国防総省は、さかりのついたアオガエルのようにゲロゲロとわめき散らす。

米国のマスコミも工場に出荷される前のニワトリのように、もう結構だとさんざん慌てふためき、危機的状況を執拗に繰り返し報道する。挙句の果てには、アメリカ国民は将来を大いに悲観せざるをえなくなった。

誇り高きアングロサクソン系のアメリカ国民は、いやらしい手段で金や食料をせしめようとする、チンピラ北朝鮮の脅しに何が何でも屈しないつもりだが、米国は狂国が恐ろしい核弾頭ミサイルをいつ撃ち込んでくるのかひどく心配している。

３６５日24時間、一瞬たりとも気が抜けない。大統領のホットライン（直通回線）は緊迫度を高めている。特に夜中の警戒にはアメリカ国防総省はかなりの神経をとがらせていた。

防空システムとしてパトリオットミサイルやパック３などの迎撃する手段は多々ある。

しかし、現実はいかなるものかと深く考えてみると、実にあやしい部分が見え隠れする。

例えば、俗に言うアメリカのミサイル防衛システムは莫大な研究開発費を注ぎ込んだにもかかわらず、全く見せかけの子供だましで、ミサイル防衛システムとは国民を欺く代物に過ぎない。最新鋭の核テクノロジーを誇示して絶大な影響力を全世界に見せつけるだけだ。

一発や二発の核弾頭搭載型ミサイルの迎撃は確かに可能だが、一度に30発、40発も核ミサイルを撃ち込まれたら、アメリカが誇る自慢の最新鋭システムでも全く歯がたたない。

それに迎撃が１００パーセントではない。せいぜい３発まではなんとか迎撃できるかもしれないが、30発、40発となれば実践では全くお手上げの状態になってしまう。

アメリカ政府並びに国防総省は公然と2億人のアメリカ国民をだまし続けている。

なぜなら政府高官はミサイル開発企業から高額の賄賂をもらっているからだ。金の為ならどんな嘘でもつく政治家は、いつも真っ赤な舌を動かして大声で笑っている偽善者なのだ。

これは極秘情報だが、恐ろしいことに北朝鮮が一度に１００発もの核ミサイルを米国本土に撃ち込む計画を持っていると、米国の諜報機関ＣＩＡはホワイトハウスに緊急報告している。一発で６０００人も殺傷する原子爆弾が仮に各州に1個ずつ落とされたら、もはやアメリカは完全に即死状態に陥る。すなわちアメリカの滅亡が訪れるわけだ。そして世界地図からアメリカ合衆国の領土が完全に消えてしまう。

あの強欲で粗暴なアメリカ大統領でも、この事態をひどく心配して胃潰瘍になるのも無理はない。大量破壊兵器が一発でもアメリカに投下されたらそれこそ大変な騒ぎになる。

そのうえ、アメリカが毎年費やす約61兆円もの軍事費が全く無駄であることが証明されてしまう。北朝鮮の核ミサイルの防衛ができなければ、莫大な軍事兵器開発費の無駄遣いをマスコミが取り上げてやがて大きな社会問題になり、大統領は失脚するだろう。

仕事のできないアメリカ政府に国民は激しく憤り大いに失望する。そして大規模なデモや暴動が繰り広げられる。

もし仮に北朝鮮にやられたら、これまでずいぶん威張ってきた横柄で高慢なアメリカ合衆国民は大恥をかくことになる。愚かでならず者の北朝鮮にやられたのかと、全世界に笑われる日がいつかやってくるだろう。

張り子の虎（アメリカ）が巨大な軍事力を世界中に誇示しても、悲しいかな、それは全くの口先だけで愛する自国民を守る能力を完全には持ち合わせていない。

さらに時代は大きく変わり、最新のサイバー攻撃を受けて自国に核爆弾を投下してしまう異常事態が発生する世の中に変貌してしまった。その現状をアメリカ国民は何も知らされていない。

いつ悲劇が起こるか。いつ核戦争になるか。国防総省のペンタゴンの幹部だけがその真相を知っている。

しかしその反面、さらなる快楽を求めるアメリカ国民はこの危機を何も知らされないまま、日々飲んだり食ったりして男女の自由で甘い時間を気ままに過ごしている。

怠惰で楽天主義のアメリカ国民が国家滅亡の危機が押し寄せていることに少しも気づいていないとは、全くもってお粗末な話だと声を大にして言いたい。


そこで補足する。アメリカのエコノミストが先日発表した資料をここに紹介したい。

あのリーマン・ブラザーズの倒産から約9年が経過した今日、ようやく世界経済は持ち直し、とりわけ中国の世界貿易額が増大して、経済大国アメリカに脅威を与えるようになった。

日本と中国が毎月アメリカの国債を買っている。アメリカ政府の要請があるからだ。

過去に、アフガニスタン攻撃とイラク戦争で500億ドル以上使ったアメリカ政府は、歯止めのかからない巨額の財政赤字と経常赤字に悩まされている。早い話が大貧乏になったのだ。

２０１３年、世界の秩序を守る為に、シリアに空爆すべきだとフランス大統領が大声でわめいたが、アメリカ政府は巨額な財政赤字で軍事費を削減していたので空爆を辞退した。要するに拠出する金がないからだ。財源も予算もないアメリカ政府は見栄を張り、体裁を繕うのに躍起になった。

アメリカの衰退は既に始まっている。そしてドルの大暴落は近い。さらには世界の原油価格が下がり続けている。中東やロシア、中南米諸国の資源輸出国が干からびる中、アメリカも原油を輸出して外貨を稼ぎたいほど金に困っている。

かつては、大いに繁栄した英国のポンドが輝かしい世界通貨だった。それから英国が衰退してドルが魅力的な世界通貨となった。

貯蓄率の低いアメリカはクレジットカード社会そのもので、借金をして車や住宅を買い、カードを使ってレストランで食事をしたり、高額な買い物をするなど全く経済観念のない国民だ。どうして身の丈に合った暮らしができないのだろうか。貯金がゼロの国民がなんとアメリカ国内に６０００万人もいるから全くあきれる。そのうえ年収が２７０万円以下の労働者が大勢をしめている。

ぜいたく好きで浪費家で、万一破綻したら素早く信用をかなぐり捨てて、なりふり構わず破産宣告をしてしまう。そんな義理も人情もない浅はかな国民は、とてもドライでさもしい国民性だと言える。

儒教の教えを守る日本や中国のように、どうして質素倹約ができないのか。

そうした中、世界の金融投資家たちはドルを見捨てて安全資産である円に換え始めている。ポンドからドルへ、ドルから人民元へと世界通貨の座が移行していく中で投資家は人民元への抵抗が強い。

経済成長率をごまかす共産主義の中国はいきなり何をしでかすか分かったものではないし、くだらない共産主義国の横暴に呆れて悲嘆する暇はない。

「やっぱり、日本の円がいいぞ。安全資産だから……」

世界のマネーは円を保有したくなっているのが現状だ。日本の財政も安心とは言い切れない。1044兆円の国の借金は一人当たりに換算すると825万円にもなる。それでも円が安全資産と言われるのはドルや元が全く信用できないからだ。

日本企業は真面目に業績を伸ばしているから世界から信頼される。いざとなれば何とかなりそうなのが日本経済だと世界のエコノミストたちは口を揃えて言う。

だが、アメリカは貯蓄率が限りなく0パーセントに近く、移民が多く政情不安定で貧困者が急増している。10人に一人が億万長者だと言われるアメリカ社会。しかし10人のうち9人が貧困者群。ごく一部の富裕層だけがテレビや雑誌に紹介されるのみで貧富の差がかなり激しいのが現状だ。

ところで、あのケネリー駐日大使にはなんと500億円もの個人資産があるから驚く。趣味で大使を務めているのではなく、将来イケメンの息子をアメリカ大統領にしたいから、何かにつけてしたたかに政界に顔を出している品のあるきれいなおばさんだ。

金のない財政難続きのアメリカ政府は、日本政府に用心棒代として毎年5000億円支払うように脅かして強力に迫っている。

韓国と喧嘩して中国と喧嘩してチンピラ北朝鮮にいつミサイルを撃ち込まれるか、常に不安定な状態にある日本は、アメリカに是が非でも守ってもらいたいと願うのは当然だ。

そんな東シナ海に核兵器を搭載した原子力空母ロナルド・レーガンを一年間巡行させるだけで約10億円も使うからアメリカ政府が財政難になるのも無理はない。

アメリカは現在、陸海空、海兵隊、沿岸警備隊の合計が131万人。戦車5000両、イージス艦80隻、戦闘機900機、原子力空母10隻を保有している。

アメリカ戦略情報局OSSは中央情報局CIA、特殊部隊デルタフォース、海軍の特殊部隊シールズを完全に掌握している。

聞きしに勝る海兵隊は敵地に切り込む精鋭ぞろいで、戦争が始まると真っ先に敵地に飛び込んでいく勇敢な部隊であり世界の軍人たちが注目している。

まあ、とにもかくにも財政赤字のアメリカは死にゆく巨象となり、全く手の付けられない病魔が内臓をゆっくりむしばんでいる。アメリカは明日倒れても不思議ではないとエコノミストたちは宣言する。

「なんせペーパーの国だから。まさにペーパーカントリーだから、アメリカは」

国債や社債、株式、投資信託は単なる紙きれで、一旦信用が供与されなくなったら大暴落して無価値になる運命だ。

中国や日本はその紙きれを信用して金を出しているわけだから、何かの原因でその信用が崩れたらリーマンショック以上の大損害が発生して、世界は大不況に見舞われる。

アメリカ経済がこんな綱渡りをしているのはまさに正気でない。財政難続きにあえぐ無能なアメリカ政府は一体何を企んでいるのだろうか。

第一章　戦慄の水爆投下事件

1

直径7メートルもある白いパラボラアンテナを搭載したグレーの中型トラックが暗い坂道をゆっくり上り続ける。

ここは有名な軽井沢町で、バブルが崩壊してひどくさびれた別荘が数多く点在する。全く人《ひと》気《け》がなく、どことなく怪しげな高原が続いている。

標高1000メートル。寒さが厳しい1月下旬なのに暖冬の影響で雪が全くなかった。

長い髪が揺れる山本理香はトラックの助手席に深く座って物静かにタバコの煙をくゆらせていた。情報局本部より作戦司令を受けた顔のでかい中年の運転手は無言のまま前方に神経を注いでいた。

突然、車の後部座席から飛び上がるような声がした。

「ボス。今、不審な電波を確認しました。間違いありません。明らかにノース（北朝鮮）の妨害電波です」

　駆け出しの若い男は狙い通りの獲物が網にかかったことを誇らしげに言う。

「よく、やったわね。ジョン。ありがとう。しかし、ノースの工作員がよくもまあ、こんな山奥に隠れているとは。私、改めて感心するわ」

　理香は素早くタバコの火をもみ消して、コートのポケットから黒い革の手袋を取り出した。

「あの明かりがついた小さな家かしら。オスカー。あまり近づくと武装集団が押し寄せて来るわ。ねえ、この辺りで車を停めましょう。妨害活動はまだかしら……」

　理香はスコープで家の様子をうかがっている。明るい窓の奥に家族４人が楽しそうに夕食を取っている。もちろん、ダミーだと分かっていた。これも世間をあざむく猿芝居と見て理香はあざ笑った。

「冬と言えば、献立はクリームシチューかな。それともビーフシチューかな。あ、赤ワインがある。きっと、ビーフシチューね。お肉と赤ワインって、よく合うから」

「ボス。中に子供が二人いますが、それでも任務を遂行しますか……」

　後部座席のジョンが理香の顔を覗き込んだ。理香は不快な気分をあらわにした。

「ねえ、ジョン。しっかりしてよ。ノースの子供は特殊訓練を受けているのよ。まぎれもなく殺人者なの。油断するとナイフで首を切られるわ。あなたはもう少し、感情を押し殺す訓練をやらないとダメね」

うんざりした理香は目に憤りをあらわにして運転手のオスカーに命令した。

「オスカー。妨害電波の発信が確認でき次第、用意したピザをすみやかにプレゼントして。分かった？」

「了解しました」

オスカーは急いで後部座席に行き、ジョンの隣で黒い大きなヘッドホンを両耳に装着した。

「19時23分。間もなく空自のＦ－16戦闘機が２機飛来して、極めて危険にさらされます。そろそろ妨害電波が出てもいいのですが……」

オスカーが落ち着かない目で理香に訴える。

パラボラアンテナが静かに回転し始めた。グリーン色の計測機器の画面には小さな波形が流れ出し、次第に波形が大きくなりノイズ（雑音）が増える。

「これは凄いジャミング（通信妨害）だ。かなり強力な電波だ。恐らく真空管（熱電子管）を使った旧式な装置だろう」

理香は耳を疑った。

「真空管？　……ああ、あれね」

昭和40年頃、テレビに取り付けられた後、半導体が開発されて姿を消したことを思い出した。

「面白い。さすがはノースだぜ。今時、真空管を使って電波ノイズを出すなんてよ。レトロとしか言いようがないぜ。全く笑える話だ」

ジョンが笑い転げると、オスカーがたしなめた。

「いいか、ジョン。真空管をなめたらいかんぞ。真空管は、ものすごく強力な電波を出す。大きさが7センチくらいのガラス管で、真空管を使って電子攻撃すればコンピュータが誤作動する。戦闘機の操縦を混乱させることなんてお手のものだ。奴らはこの山奥で航空妨害を試みる北朝鮮の破壊工作員だぞ」

ジョンはばつが悪くなって小さく固まった。

「へー、そうなの。よく知ってるわね。これから、あなたのことを物知りオスカーと呼んであげるわ」

理香はクスクス笑った。そして大きく息を吸った。

「それでは、山小屋に隠れて悪さする知性と教養のない赤いキムチさんに、とってもおいしいピザをお届けしましょう」

3人は車の外に出て身を隠しながら、高性能の軍事用ドローンを山道の路肩に丁寧に運んだ。プロペラが6基付いている。30センチ四方のピザの箱を取り出したジョンはふたを開けてタイマーをセットした。オスカーは素早くリモコンの電源を入れ、ドローンの推進器を回し始めた。力強くドローンが少し宙に浮いた。すかさずピザをドローンの下に潜り込ませるとUFOキャッチャーのような6本の足がピザをしっかりつかんだ。

「準備OKかな。よし、それでは、スタート」

これまでずっとくすぶり続けた感情のストレスが理香の口から吐き出た。腕を組んで理香が命令するとドローンが素早く上空に舞い上がった。そして廃墟のようなみすぼらしい別荘に向かって低速で飛び続ける。

澄み切った夜空には黄色の月が出て銀色の星が宝石のように輝いている。間もなく、この暗い辺り一面がまぶしいくらいに明るくなるのを理香は心待ちにしていた。

数分後、ドローンは玄関先に到着してピザを地面に落とした。ドスンと音がしたので迷彩服を着た小柄な兵士たちが自動小銃を持って慌てて外に飛び出て来た。

きょろきょろ周りを注視する男たちは誰もいないことを確認したあと、ピザを発見して大声で笑った。

「おい、ピザがあるぞ。一体どこのどいつだ。こんなまね、しやがって……」

低俗な笑い声が消えた。そして爆音が辺りにこだました。閃光が辺りを一瞬昼間のように明るくする。別荘もろとも地上物のすべてを爆弾が吹き飛ばした。

「あれが話題になった米軍のN－3爆弾か。予想した以上の破壊力だわ。恐らく生存者は一人もいないでしょう。これで任務完了。よかった、軍事作戦が無事終わって。お疲れさま。さあ、家に帰りましょう」

緊張の連続だった理香はほっとして、やり遂げた満足感に身が包まれて思わず笑い声をもらした。この非常事態を想定して要請してある特殊部隊30名が周囲に潜伏していたが、身の危険を感じる銃撃戦もなく、いとも簡単に作戦が成功したので全員笑顔で基地に戻ることにした。

2

東京都文京区にある湯島天満宮に参拝に来ていた野田正男は息子の大学受験の合格祈願のお札をもらったあと、近くにあるアメ横通りを歩いていた。

おびただしい数の群衆の大波に呑み込まれながら、庶民的な店先に並べられた食品や衣料、雑貨などの商品の値札を見ながら妻の小百合とゆっくり歩いていた。

「ああ、カニがあるぞ。でっかいカニが山積みになっている。ええ、あれで１５００円か、かなり安いな。買って帰ろうか」

正男は店いっぱいに並べられた大きくて真っ赤なカニを見て驚いていた。

商店街の中ほどに差し掛かると怪しげな長身の黒人が通行人に押し売りをしようと道をさえぎる。若い女性たちは不安になって身を竦めるようにして左右に逃れる。するとその先でも大きな黒革のジャンパーを着て洗いざらしのブルージーンズをはいた貧相な黒人たちがニヤニヤしながら執拗に声をかけて後を追う。

悪臭が漂いゴミだらけの汚らしい雑貨店の周辺には8人の黒人がお互い目で合図をしながら、カモをひっかけようと脂ぎった目をぎらぎらさせていた。

ナイジェリア人なのか、バングラデシュ人なのか全く見当もつかない。彼らは肩をはずませて歩きイヤホンで音楽を聴いているようだ。黒い頭を上下に揺らしている。

日本人の集団に決して溶け込めないあやしい不法入国者の集団は、まさにいつ暴発するかわからない状況だった。犯罪を犯罪とも思わない凶暴な侵入者たちによく見受けられる光景だ。

なぜ、こんなにも多くの人が集まる場所で人の流れに逆らいながら物を売るのか、正男には全く理解できなかった。

突然、黒人の集団が正男を取り囲む。小百合は恐怖に身を縮めて正男の腕にしがみついた。

「あなた、凄く恐いわ。ねえ、早く逃げましょう……」

正男は冷静に対処しなければならないと自分に言い聞かせた。

「これ買わないと、お前の奥さん、アフリカに連れていくよ」

差し出されたのはビニール製の安物の黒いバッグだった。

「いらない。早く道を開けてくれないか」

長身で太った黒人がガムを噛みながらいきなりナイフを突き出して真っ黒な顔についている淀んだ目を白黒させて正男を威嚇した。反射的に攻撃態勢になった正男は怒りで目が吊り上がった。そして相手をにらみつけると頭を低くして身構え、ナイフを持つ男の右腕を素早く左手でつかんだ。そしてしゃがみこむように前傾姿勢をとり、一瞬のうちに背負い投げで巨漢をアスファルトに激しくたたきつけた。男が悲鳴を上げてのたうち回っている間に、サバイバルナイフを素早く奪って思いっきり男の顔面を蹴り上げた。黒い巨漢は相当なダメージを受け、気を失って微動だにしない。正男は荒々しく息を吐いて周囲をにらみつけた。

「バカヤロー、俺を誰だと思っているんだ。よそ者のくせに、でかいツラしやがって、このどさんぴん……」

正男は怒りが爆発して無頼の黒人を全員なぎ倒そうと身構えた。

「どうした。暴力に訴える本能が消えちまったのか。虫けらどもめ」

正男の罵声を浴びた黒人集団は相手が一人しかいないと確信すると寄ってたかって正男に先制攻撃を加えた。怒号が辺りを緊迫した状況に追い込む。見物人は喧嘩の成り行きに息を呑んだ。激しい乱闘が続き、黒人が次々に倒されていく。

「やめなさい」

突然、後ろから女の甲高い声が響き渡り、大混乱の乱闘が止まった。正男が思わず振り返ると黒のロングコートを着た髪の長い女が大股で堂々と歩いて来る。革のブーツをはいた長い右足で黒人の腹を素早く蹴った。黒人は苦しさのあまり地面にしゃがみ込み仰向けに倒れ込んだ。

「ウー……。畜生。やりやがったな」

「ゲスの極みか。クズ野郎。アメ横のおバカガエルと呼んであげるわ。ゲロゲロバー」

女が大声で笑うと周囲の黒人は女をめがけて一斉に襲い掛かった。

女が一人で戦う状況を見た正男は慌て、焦り、反射的に素早く反応して参戦した。再び乱闘が始まり辺りは騒然となった。汚れた顔や口からどす黒い血を流す黒人たちが大声でわめき散らす。怒り狂った正男は黒人が持っていた木刀を取り上げると力を振り絞って牙をむく黒人の頭を強打しまくった。黒人がダメージを受けてなぎ倒されていく。

その時、女が叫んだ。

「危ない。後ろに拳銃を持った男がいるわ……」

正男はゆっくり振り返り男の拳銃を見ると、諦めて木刀を地面に捨てゆっくり両手を上げた。

「頼む。撃たないでくれ。金は全部やるから……」

次の瞬間、銃声がなった。正男に銃口を突きつけた初老の男がうめき声と共に地面に崩れ落ちた。

女の人差し指の合図で待機していた狙撃手がライフル銃を発射したからだ。

恐怖に身が縮む他の黒人たちが口をあわあわさせながら一斉に逃げ出した。悲鳴が飛び交い辺りはごった返して一時騒然となった。

「しかし、拳銃を持った男を用意するなんて。ほんと驚きね。用意周到っていうやつかな。しっかり保険を掛けるところが憎いわ。ああ、感心しちゃう。なんて手の込んだアフリカのクレージーダンスなの。ほどほどにしてほしいわ。もう開いた口が塞がらない。正男さん。外道の話はまた今度にして。さあ、早くこっちに来て……」

黒く光る女の目は鋭い眼差しで危機に直面した顔は蒼白だった。正男と小百合は言われるままに走った。裏通りの全く人のいない狭い路地を駆け抜け、女の指図で大きな黒いランドクルーザーの後部座席にもぐり込んだ。

「早く車を出して。早く……」

車は急発進して広い表通りに出た。車体が上下左右にランダムに揺れる。危険を察知する急ブレーキの音と振動が車内に繰り返し伝わる。

しばらくすると女は落ち着きを取り戻して光沢のある長い髪を揺らしながら笑顔で正男に言った。

「ごめんなさい。乱暴な運転で。ここまで来ればもう安心ね。お怪我はありませんか」

知的で澄んだ瞳の美しさに正男は目をみはる。なめらかな話し方に魂が大きく揺れ動く。

「大丈夫です。あぶないところを助けてくれて。本当にありがとうございました」

「でも、奥様がいなければ、あなた一人でもやれましたよね。あの黒いチンピラどもを……」

「やはり、銃口ににらまれたらおとなしくした方がいい。もし一般人が怪我をしたら、取り返しのつかない事態になったかもしれません……」

「さすがは、日本を代表する柔道家だけはあるわ。その謙虚さに私はもう心が打たれました。貴方のような勇猛果敢な男性を間近で見ると身体が熱くなって、今にもとろけそうになりますわ。

ところで、さっき絡んできた連中はジェリアンと言って、ナイジェリア人の不法入国者たちのグループよ。最初はレストランや居酒屋で真面目にバイトをしていたけど、金が欲しくなるとズルズルと悪の道にひきずり込まれて集団恐喝の毎日。夜になると強盗やかっぱらいをする問題児ね。汚らわしい性欲を満たすため婦女暴行はもちろん、ドラッグを求めて真っ黒な顔だから、音を立てずに深夜に活動するわ。まあ、中には昼間も活動する者もいるけど。結局、難局、早い話が汚いドブネズミね。

ああ、今ごろ、日本の警察は一体何をしているのでしょうか。さっさと給料だけは一人前の顔をしてもらっておきながら、大切な国の治安を守れないなんて、もう情けない話。全く税金の無駄遣いね。日本の警察官は26万人もいるんでしょう。日々、怠け猿にエサをやっているみたいでほんと腹立たしいし、凄くお金がもったいないわ。みんなから巻き上げられる国民の税金が……」

「残念なことに、昔と違ってここは物騒なところになりました。ところで、あなたは一体誰なんですか。巨漢を恐れず、素手で立ち向かうとは並大抵の格闘技の持ち主ではなさそうだ。しかもうら若き女性が黒人を恐れないとは凄く大胆過ぎる……」

「申し遅れました。私の名前は山本理香。女性雑誌GLのモデルをしています」

「そうですか。アクション映画に出てくる女優さんかと思いました」

「光栄ですわ。貴方のようなプロに褒められて。ありがとう。お二人を近くの駅までお送りします。監視カメラにあなたたちが映っても心配しないで。私がのろまな警察の捜査が及ばないようにしっかり手を打ちますから……」

車が急に速度を落とした。ＪＲの駅が目前に迫る。

「ここで降りて下さい。怪しい車が後をつけて来るから……」

理香は尊敬のまなざしで正男を見つめた。車が停車すると正男と小百合は車から放り出された。

「本当にありがとうございました」

小百合が感謝の意を伝えると理香は満面の笑みでゆっくり言った。

「奥様。素敵な旦那様を大切にして下さいね。近い将来、きっと光輝く時が来るから……」

理香は窓越しに愛くるしく手を振った。正男と小百合は深く頭を下げてハイセンスで気品あふれる理香を感謝の気持ちを込めて見送った。

3

米軍の戦略爆撃機Ｂ－52が水爆を搭載してグアム島の基地を飛び立った。

Ｆ－16爆撃機６機に守られながら東シナ海を飛行している。目的地は韓国の烏山《オサン》基地だったが作戦が急きょ変更になり、水爆を積んだＢ－52は米軍横田基地（東京都福生市）に向かうことになった。この作戦の変更は日本政府には内密で水爆が横田基地に運ばれることに、アメリカ国防総省は核アレルギーの強い日本国民の反発を何一つ恐れていない。

なぜならアメリカは第二次大戦で日本に勝った国だから。

一方、レーダーに映りにくい世界最強と言われるステルス戦闘機Ｆ－22（一機の値段が１５０億円）がアメリカのアラスカ州にあるエーメンドルフ基地より米軍横田基地に14機飛来した。海上では原子力空母ジョン・ステニスとロナルド・レーガンの２隻も北朝鮮に圧力をかける為に急きょ朝鮮半島に向かっている。在日米軍司令部のある米空軍横田基地は米国防総省からの作戦司令を待っていた。

その一方、日本の防衛省には事前の連絡が一切なかった。米国は北朝鮮に先制攻撃を仕掛けるつもりなのか。日本の防衛省は全国に28カ所あるレーダーサイトで米軍の侵攻を見守っている。空自は有事の際5分以内にスクランブル発進しなければならない。

広島県江田島基地の海自の特殊部隊ＳＢＵのメンバー１００名も額に汗しながら事態の推移に神経をとがらしている。場合によっては高速ゴムボートで北朝鮮に上陸しなければならないからだ。

陸自の特殊作戦部隊ＳＦＧのメンバー３００名は既に出撃準備に入った。緊張が走る。息をするのも苦しい。万人が悲しむ愚かな戦争が勃発するのか。この戦争は避けられない運命なのか。

2月13日の金曜日の昼下がり、東京に50メガトン（TNT爆薬5000万トン相当の爆発力がある）の水爆マドンナ（マドンナは米軍のコードネームで「美女の微笑み」の意味）が投下された。あの広島に投下された原爆、リトル・ボーイの3300個分の威力を発揮して爆心地から半径30キロメートルの地帯を爆風が一瞬にしてせん滅した。高度4000メートルの上空で爆発した水爆のキノコ雲は高さ60キロメートル（地上から大気圏までは100キロメートルある）まで達し、横幅は30キロメートルにも及ぶものだった。

凄まじい衝撃波が普通自動車を50キロ先まで吹き飛ばし、10キロ圏内のコンクリート建造物が崩壊、36キロ圏内の鉄橋が崩壊、爆心地に深さ150メートル、半径2キロメートルのクレーターを作った。

人は音速を超える巨大な爆風で吹き飛ばされる前にピカッと光った瞬間、高温の熱線で体が燃えて跡形もなくなり、地面に残るのは折れ曲がった黒い人影だけだった。

鉄は1500度で溶ける。しかし辺りは5000度の高温に包まれた。閃光や衝撃波や電磁波、死の灰（放射性物質でストロンチウムを含む物質）などで死傷者は600万人をはるかに超えた。第一次放射線の致死地域は半径7キロメートルにまで及ぶ。電気、ガス、水道のライフラインが破壊され、警察、消防、医療関係のコンピュータも機能しなくなり文字通り東京は即死状態となった。

爆心地は国会議事堂だった。折しも新年度予算を審議する通常国会の会期中で、出席した国会議員全員が高熱で跡形もなく蒸発してしまった。

東京に隣接する埼玉、千葉、神奈川の警察、消防、自衛隊が一旦は救助活動を試みたが全く歯が立たない。恐ろしい残留放射線の危険がある為、近づくことさえできない。ただ大きな口を開けて事態の成り行きを見守るしかなかった。

死の灰は肺の細胞を侵し続け肺ガンを急速に進行させる。また全身の骨のガンや白血病もひき起こす。赤茶色に染まったゴーストタウンは、がれきの山になって、いたるところで白い煙が立ち上る。まさに関東圏は無人地帯になり警察がいない無法地帯となった。

被爆地の上空を5機のヘリが慌ただしく飛ぶ。テレビ、新聞の報道各社の取材が上空を騒がせている。東京は政治経済の中心地で日本企業の本社や外国企業の支店が数多くある。

東京は言わば人間で言う頭脳と心臓を兼ね備えていた。脳と心臓が水爆で破壊されたので、今まさに日本が死んだと言える。全国の現金自動支払機ATMが操作不能になり、銀行の預金はもちろん証券会社の株式や投資信託のデータも全て消滅した。クレジットカードも全く使用できない。大金持ちも一瞬で無一文になってしまった。唯一頼りになるのは手元で保管する現金と実物資産のゴールドだけだった。

全世界のマスコミは米国が日本の首都東京に水爆を投下したと報道したが、米国の国防総省はテロと反論した。同盟国日本に水爆を投下するなど絶対にありえないと言明する。

これはテロリストの仕業でこのサイバー攻撃を現在捜査中と弁明する。アメリカのメンツをかけてホワイトハウスは日本にＦＢＩ捜査官やＣＩＡ諜報部員80名を派遣してこの事件の真相究明に全力を注ぐと発表した。

一方、中国やロシアは米国の侵略と核実験を厳しく非難し、世界的大暴挙と叫んだ。

セカンド・ショックは日本国民を悲劇のどん底に叩き落とした。中央政府の消滅で政治経済がマヒしたまま、生き残った日本国民は想定外の耐乏生活を強いられる運命となった。

広島、長崎に次いで二番目のショック。このセカンド・ショックは日本人の心に大きな風穴を開けてしまった。

一度目はアメリカ大統領のトルーマンがソ連のスターリンをビビらせる為に、わざと日本に原爆を落とした。広島にウラン型、長崎にプルトニウム型を投下して核実験を断行した。

これまでアメリカを見下してきたスターリンは原爆の破壊力に度肝を抜かれ、アメリカの軍事力の偉大さに腰を抜かしアメリカを脅威に感じた。それ以降は借りてきた猫のように小さくなり、外交政策面でかなり譲歩するようになった。

そして二度目は東京に水爆を投下した。現時点では真相は明らかにされていないが、少なくとも大統領にとっては寝耳に水だったかもしれない。

セカンド・ショックは日本の外交にも影響が出始めた。専守防衛が全くできない。日本の総理大臣が死んで中央集権国家が崩壊してしまったからだ。北海道はロシア、九州は中国、本州はアメリカが実効支配し始め、四国はイスラエル軍が侵略して統治を開始した。

実は水爆投下後、すぐさま日本を分割統治する会談がハワイで秘密裡に行われていた。アメリカ、ロシア、中国、イスラエルの四カ国首脳会談。九州を割譲することでアメリカは中国からの借金10兆円を帳消しにすること。北海道を割譲することでロシアが今後核開発を断念すること。四国を割譲することでイスラエルはアメリカ政府の中東政策に一切口出ししないことを条件とした。本州を実効支配するアメリカは北海道、九州、四国に資源や原材料、その他あらゆる方面から支援するとホノルル宣言に盛り込み会議の参加国が同意したのち調印した。

アメリカは日本の本州に暮らす日本人を選挙権のない原住民として扱い労働力確保に駆り出した。移民同様の扱いに日本人は憤りを感じる。人権をはく奪された日本人は米国の軍人ＭＰ（ミリタリーポリス）に常に監視されながら生きていくしか他に方法がなかった。はむかえばその場で射殺されることは日常茶飯事となった。

ところで、日本にはプルトニウムが46トンあり、一年の歳月を投じれば核爆弾が６５００発製造できる技術と工場を持っている。しかし、アメリカ政府は核の拡散防止に躍起になっていて、この事実を臨時政府に通達していなかった。これまで極秘に扱われてきた理由は、日本が仮に核を持てば年間５０００億円の用心棒代が今後貰えなくなると判断したからだ。

4

埼玉県深谷市に家族４人で暮らす野田正男はテレビにくぎ付けになっていた。

「大変だぞ。まさか、米軍が東京に水爆を投下するなんて。ああ、もうだめだ。日本は終わった。これから先、どうやって生きていけばいいのだろうか……」

驚きのあまり声が出ない。妻の小百合は無言のままテレビをじっと見つめている。子供たちは東京の有り様を見て唖然としている。しばらく沈黙が続く。恐怖で声が出ない。息が苦しい。

正男は不安を隠せないまま小百合に言った。

「水爆で平和な日常が破壊された。しばらくの間は政治経済がマヒして自給自足の生活が続くだろう。悲しいことに難民生活を強いられる羽目になってしまった。暮らしが元通りになるのは一体いつのことか。とりあえず、現金を用意して食い物だけは確保しないと大変なことになる。ガソリンも入れないと心細いし……」

小百合はどうしていいのか全く見当もつかないまま正男の声に神経を注いだ。

「あなた、子供はどうなるの。死の灰を吸って死んじゃうの」

正男は小百合を落ち着かせようと大きく息を吸った。

「とにかく冷静に考えよう。深谷は北関東にある。仮に偏西風が吹いたとしても、千葉県が被害に遭い、埼玉県はおそらく安全だと思う。それよりも、今すぐ食糧の買い出しに行った方がいいな。水や缶詰、パンやインスタントラーメン。とにかく早い者勝ちだから……」

「あなた、早く行かないと売り切れてしまうわ」

「そうだ。早く行かないときっと後悔する」

正男は寝室の奥に隠してある金庫から現金を取り出して近くのスーパーに向かった。小百合はこの家から脱出する準備に取り掛かった。最悪の場合は車で県外に出なければならない。新潟か長野か行き先はまだ決まっていないが、とにかく家族が安全に暮らせる場所を確保しなければならない。子供二人がこれから先無事に生きていく為にも是が非でもこの苦境を切り抜けなければならなかった。

全ては子の為に正男と小百合は生きている。子供を死なせるわけにはいかない。たとえ自分が命を落とすことになっても子供の命だけは何が何でも守りたい。張り詰めた様子で小百合は脱出の準備に取り掛かった。いつでも出発できるように貴重品やかけがえのない品々、それに薬や日用雑貨品など移住先で困らない為に運び出す物をリビングにかき集めていた。

一方、正男は険しい顔でスーパーに向かった。辺りは停電していないので、信号機も明滅している。途中人影は全くなかった。

スーパーに着くと駐車場が満車だった。かろうじて空きスペースを見つけると急いで駐車した。そして小走りで店内に進む。気が焦り胸の奥が不安でいっぱいになる。

「なんてこった。商品が何もないじゃん。やっぱり来るのが遅かったのか」

普段は山積みされている商品の棚がガランとしている。今は緑色の空っぽの陳列棚が空虚な現実を見せていた。何か恐ろしい事態になりそうだと正男は感じた。

「このままでは、大変なことになっちまう。早く買い出ししないと家族が益々不安になる。あぁ、どこに行けばいいんだ。とにかく他をあたって、もっと買わないとまずいな……」

正男の目が血走った。金はあっても商品が手に入らない現状にひどく腹が立った。

「くそー、こんなことになりやがって。誰のせいなんだ。俺が犯人を捕まえてやる」

正男はいら立ちを抑えようと自分に言い聞かせながら再び車を走らせた。

2軒目のスーパーで水とウーロン茶を4箱手に入れ、3軒目のスーパーでインスタントラーメンや缶詰類を手に入れた。正男が安堵しているといきなり携帯が鳴った。

「もしもし、俺だが……」

悲痛な叫び声とも受け取れる小百合の声がもれた。

「あなた、大丈夫なの。もう、帰りが遅いから、事故でも起こしたのかと思って……」

「ごめん、売り切れの店が多くて。とにかく回れるだけ回って食い物をかき集める。だから心配しないで、もう少し待っててくれないか」

「わかった。とにかく気をつけてね。決して、無理はしないでよ」

「大丈夫だ。買えるだけ買って帰るから。とにかく落ち着いて待っててくれないか」

「お願い。必ず無事に帰って来てね……」

「わかった。それじゃー、電話をきるよ」

家族が不安な時間を過ごしていると思うと正男は早く家に帰らなければならないと思った。しかし目的の商品がまだ足りない。以前行ったことのあるスーパーやコンビニに行って買いあさることで頭の中がいっぱいだった。

「そうだ。ガソリンも入れないとまずいな」

正男は焦る気持ちを抑えながら車のスピードを上げた。


あの輝いていた日本の首都東京がせん滅して一週間がたった。関東一円は生活物資が手に入らない状態が続く。正男は移住した方が家族の為にいいのではないかと自問自答していた。

「新潟に行こうか。日和山浜海水浴場の近くだ。新潟空港、新潟市役所の近くで海上自衛隊新潟基地もある」

正男が語気を強めて家族に言った。しかし結論は出ない。不安な顔をしながら小百合は緊迫した二人の息子の横顔をじっと見つめていた。

第二章　首都東京焦土化

1

悲しいことに、昔東京は関東大震災の火災で焼け野原になった。続いて太平洋戦争の東京空襲で焼け野原になった。そして現在の東京は巨大な水爆投下ですべてが、真っ黒なコンクリートの塊の山になってしまった。ひとたまりもない。肝心なのは人が住めるかどうかだ。

東京は昔から大勢の人が殺されるエリアなのか。ある者は平将門のたたりだと主張する。

東京都内は立ち入り禁止区域に指定され進入路が全て封鎖された。東京の東側は埼玉県警が、西側は神奈川県警が治安維持に務めた。千葉県警は死の灰（ストロンチウム）が偏西風で飛ばされてくるのでその対策に追われた。陸上自衛隊や消防は給水活動に追われた。

電気、ガス、水道の停止で生活困窮者が繁華街にあふれる。東京はまさに太平洋戦争で破壊された大都市の姿に似ている。

「食糧の備蓄ができてもせいぜい一週間が限界だろう。その間に何か手を打たないと大変なことになる」正男は一人で考えていた。新潟の地図を見つめながら以前仕事で行った新潟空港のことを思い起こしていた。

「あそこだったら、放射能の危険はない。日本海側だから北朝鮮のミサイルが心配だけど。とにかく、ライフラインが通っていて日常生活を取り戻せる所に移住した方がいい。子供の学校は二の次だ。人間は食うことと寝ることが大切だ。そして着ること。『衣食足りて礼節を知る』か。まあ、この際、礼節なんかどうでもいいけど……」

一人で考え事をしていると小百合が近寄って来た。

「ねえ、何を考えているの。自信に満ちた目をしているわよ」

正男は妻の小百合に問題解決の糸口を告げた。

「あの東日本大震災で避難した人たちがいるだろう。中には福島を捨てて大阪、広島に移住した人もいる。ここ埼玉県はライフラインが復旧しているが数日後には生活物資が底をつく。そこでひとまず新潟に移住しようと思っている。いろいろ調べてみたが、とにかく普段の生活が送れることが大切だ。埼玉にいては食べることに困ってしまう。最悪、病気になったら大変だ。やっている病院を探すだけでもかなりの労力がいる。子供たちを説得して、みんなで新潟に行こう。それがベストだと思うよ……」

小百合は返事に困った。しかし、現実を直視すると正男の考えに従わざるをえない。

「そうねえ。受験は来年でもできるわ。今は家族が安心して暮らせる場所を確保しないとね」

目にうっすらと涙を浮かべている。正男は小百合を勇気づけるように優しく言った。

「この際、戦争が始まったと思うしかないよ。今までの平和な暮らしは過去のものとなった。全てをあきらめて一から出直すしか他に方法がない。日本をずたずたに引き裂いた奴が許せない。水爆に引きずりまわされるなんて、まっぴらごめんだ」

正男が声を震わせて言うと、目に涙をいっぱいためた小百合は小さくうなずいた。


水爆投下から一週間が過ぎた。埼玉県大宮市がかろうじて無事だった。大宮は在来線のターミナル駅で鉄道各社が臨時列車を出して旅客の輸送にあたっていた。政治が空白のまま、物流や人の流れは次第に回復に向かった。しかし、銀行が機能停止の状態のままで救援物資の水や食料がわずかながら配られる日々が続く。公園などで炊き出しが行われるが、老人や子供たちには満足な食事とは言えない。人々は仮設住宅に住めなくてひどく疲れていた。

まるで太平洋戦争が終了して東京空襲の焼け野原のようだが、ただ一つだけ違う点がある。それは放射能の危険があることだ。たちの悪い放射性物質がこの先何十年もはびこり人体に悪影響を及ぼす。最悪の場合は死。それでなくても長い闘病生活を強いられるとさらなる貧困が待ち受ける。生きるのも地獄、死ぬのも地獄になって全く目も当てられない。やはり、ウランやプルトニウムのない安全地帯を目指して移住した方が結果的には幸せなのかもしれない。

即死した東京は見渡す限りがれきの山と化していた。テレビは朝から晩まで被爆地を中継して手の打ちようのない有り様を克明に報道する。放射能の危険を顧みず貴金属を拾う黒人たちの姿がテレビに映った。特に銀行の跡地や金《きん》を売買していた店の跡地で浮浪者がスコップで穴を掘っている。彼らは金を探していた。立ち入り禁止区域と分かっていても金が欲しいのか。投下地点では残留放射線量が推定で１２５０シーベルトもある。視力が低下し、神経がマヒする。やがて全身がけいれんを起こし、意識不明となりひいては死亡する事態になった。

殆どが1時間以内に倒れ込み、嘔吐下痢を繰り返す。仮に残留放射線量が少ないエリアであっても、数年後にはガンや白血病になることを知らないのか。

人は7シーベルトで１００パーセント死亡する。焦土化した都内を歩き回る浮浪者の姿をテレビが生々しく放映する。略奪やかっぱらいが横行して水爆の被害から逃れた東京周辺エリアは犯罪が多発している。全国の警察は治安維持にあたる為、７万人の警察官を関東周辺に集結させた。いわゆる機動隊の出動で陸上自衛隊も全国から集結した。

一方、不法入国した黒人の数がみるみるうちに増加して、横浜を拠点とするジェリアンが勢力の拡大を図っていく。１０００人近いナイジェリア人が徒党を組んで暴れ回る。武器弾薬を手に入れたジェリアンは麻薬を大量に密輸して販路を拡大していく。そして地元暴力団との抗争事件に発展していった。まるでメキシコの麻薬王が出現したかのようで、ギャングたちは仁義なき抗争事件を繰り返して多数の死傷者が出た。

被爆地を歩いているとダイヤモンドや金が爆風で吹き飛ばされて道に落ちている。太陽の光でキラキラ反射して貴金属の落下場所を教えてくれる。このニュースを見た外国人が次々と東京に向かう。フィリピン人、中国人、遠く離れたバングラデシュ人も一獲千金を夢見て来日する。東京はゴールドラッシュのように大群の移民難民の不法入国者の集合場所に変貌した。しかし、日本人は放射能の危険を十分知っていたので東京に足を踏み入れない。

あの福島で原発処理に関わった作業員がガンや白血病で毎年亡くなっているからだ。目に見えない放射能の危険を知っているから、なん人も近寄らないことは当然の結果だった。

「貧しいが故に、やがて死の世界をさまよう運命となるのか」

それにつけても、大金欲しさに命を落とす外国人の浅ましさに驚きを隠せなかった。

2

『北関東新聞』に各国の記事が掲載されている。

イギリスのジャーナリスト、ロバーツ記者は、

「我々全員が防護服をまとい、一時間だけチャーターした民間ヘリで東京を取材した。もちろ

ん、カメラマンも同行して無残な現状を収録した。我々が現地入りしたのは水爆投下後、三日たってからのことだ。私は原発、いわゆる原子力発電に学生時代から興味があってよく図書館で本を読みあさった。特にウランとかプルトニウムとか原子爆弾にも大変興味を持っていた。日本の高速増殖炉もんじゅは建設費が1兆円もかかり、年間62キログラムのプルトニウムを生産する。プルトニウムは自然界に存在しない。ウランからプルトニウムが作られる。世界各地に原発ができ、日々核燃料物質が製造され原爆の製造が進む有り様に、いつか人類が滅びてしまうのではないかと私はひどく心配している。

世界で初めて広島に原爆が落とされて日本人はさぞかし、ひどい目にあったことだろう。いかなる理由があろうとも原爆の製造を推し進めたアメリカを私は許さない。太平洋戦争を早く終わらせる為に原爆を投下したのではなく、核実験をして更なる核兵器の製造に進むために投下した汚いアメリカ。アメリカは日本人を使った人体実験をして実際に放射能物質がどれほど人体に悪影響を及ぼすのか知りたかっただけだ。アメリカ政府は世界を支配する為に常識を超えて狂人と化した。勝てばいい。勝つためには手段を選ばない。そんな国が正気を疑う核兵器の開発に人類の英知を投入する核兵器開発競争で1位になろうとしている。

全くもってばかげているとしか言いようがない。正にクレージーだ。人類とその国のリーダーたちが世界秩序を尊重しなければ何年たっても世界の平和がやってこない。文明、文化はそれぞれの国が独自に作り上げるものだが、自国の為に他国を苦しめる卑劣な行為を私は糾弾したい。なぜなら、これまで滅ぼされた数多くの死者の嘆きを風化させたくないからだ。

今、東京の皇居のあった辺りを旋回しながら、高度50メートルでホバーリングしている。あの美しく緑豊かな荘厳な江戸城の面影はみじんもない。今、目に映るのは、汚いがれきの山だけだ。私がもし日本人だったら、復讐の為に今頃、アメリカに核爆弾を投下しているだろう。目には目を、歯には歯をだから。ああ、なんて悲惨な有り様なのだ。絶句して声が出ない。失礼、涙がのどにからまった。手で涙を拭ってさらにリポートを続けたい。

上空から下を見下ろすと、至るところに黒焦げの死体が転がっている。遺体の回収には全く手が付けられていない状況だ。日本政府が壊滅して指示系統が寸断されたからだ。恐らくこのエリアに5分もいれば、間違いなくガンになって数週間後には死ぬ運命となるだろう。あのしつこいウランの恐怖がつきまとうからだ。

時折、黒人の姿を目撃するが奴らは死体をあさっているではないか。財布や指輪、ネックレス、腕時計を集め、死者の口から金歯をペンチで引っこ抜いている。アフリカのハイエナがまるでサバンナと化した東京をうろつき回って、貪欲な目で金目のものを探している。

こうして日本人のしかばねが天国にも行けず悪霊となって地上をさまよい続けるのか。実に悲しい光景だ。祖国イギリスがこのようなことにならないように、今、私は神に祈る。

それにしても、このまま死体が放置されれば伝染病がまん延して新たな二次災害が状況をさらに悪化させるだろう。この東京全域を土砂で完全に埋め立ててしまった方が明るい未来につながるかもしれない。しかし現状を直視すれば、もはやこの地での復興は無理かもしれない。復興は夢物語だ。永久立ち入り禁止区域にして周囲をコンクリートの壁でおおった方がいいだろう。

Ｂ－52戦略爆撃機を保有しているアメリカの責任を、これからヨーロッパ諸国が厳しく断罪するだろう。野蛮で狡猾なアメリカ国民は自らが裁かれる日が必ず訪れる。巧みな外交政策で同盟国日本を地獄に叩き落とした罪を償うべきだ。最終的にはアメリカ大統領の自害で幕を下ろすと私は考える。そうでなければ殺された日本人があまりにも哀れで可哀そうだから……」

フランスの有力紙『ドゴール』の社会記者、ダニエル・リタは次のような記事を発表した。

「人類最悪のシナリオ・東京水爆投下事件

アラブ人の無差別テロによるサイバー攻撃で米軍Ｂ－52戦略爆撃機が同盟国である日本の首都東京に水爆を誤爆投下。日本を即死状態に陥れた。太陽は水素の核融合反応で46億年も燃えている。水爆は水素の原子核が核融合する時に出る巨大エネルギーを利用する。水爆は広島原爆の３３００個分の破壊力があり、我々フランス国民をひどく震撼させた。

死傷者６００万人。これは空前絶後の大惨事だ。人類最悪の事態を招いたアラブ人の断罪を我々は強く求める。我々欧米諸国は真相を究明して国連平和維持活動をさらに大きく前進させるだろう。我々フランス人は自由と平和を願う国民だから、今こそ平和の使命を果たさなければならない」

『ドイチェ・ハンブルグジャーナル』の政治記者、モルト氏は、

「かけがえのない多くの命が消えて心が痛む。そしてこの悲劇はあまりにも大きすぎる。真相究明は勿論のことだが、それよりも生活困窮者の救援活動を直ちに開始すべきだ。今まで日本国民はドイツ国民によくしてくれた。我々は真っ先に駆け付けて復興に協力すべきだ。そして恩返しをして親交をもっと深めたい」

『中華清朝新聞』は、

「中国四千年の歴史を冒涜した天罰がやっと東京に下された。アメリカ帝国主義に洗脳された無能な日本国民はアメリカ製のB－52を恨むべきだろう。それと同時にマドンナを軽蔑するべきだ。なぜなら、あまりにも日本をバカにした名前ではないか」

『北朝鮮労働日報』は、

「日本国民よ。今こそ、我々と共にアメリカを攻め滅ぼそう。水爆を落とされた仕返しはすぐさま実行すべきである。泣き寝入りは禁物。今復讐しなければ末代までの恥になる。日本がやる気を出せば、わが軍はアメリカに対して長距離核ミサイル１００発を、直ちに撃ち込んでや

る」

ブータン国王の側近である高僧のラダマ氏は次のような論評を寄せている。

「日本の歴史をじっくり考察するとあの徳川家康が諸悪の根源だと思う。鎖国をして王国を築いたからだ。確かに平和な社会が続いたが鎖国を続けた為に日本の文明開化が遅れてしまった。世界の歯車がどんどん回る中、唯一日本の歯車だけが少しも回らなかった。

アメリカやヨーロッパ諸国との連帯感を見いだせない日本は第二次世界大戦に突入していった。そして戦争に負けてアメリカの支配下に置かれた。しかし、世界一勤勉な日本国民はめざましい復興を遂げてアメリカに次ぐ経済大国にのし上がった。

まじめすぎる日本人、働き過ぎる日本人は自由と娯楽を求めるアメリカ人の脅威となった。金儲けのうまい日本人が気に入らないアメリカ人は日本をあの手この手でとにかく海底に沈めることばかり考えている。どうすれば属国扱いできるのだろうか。事故やテロに見せかけて一度日本を沈没させれば当面浮かび上がってくることもないだろうと、悪人たちが画策して水爆が投下されたと考える。この事実に私は目をつむるわけにはいかない」

正男は記事を読み終えると大きなため息をついた。新聞を持つ手が急に震えだした。

「まさか、アメリカが故意に水爆を落とすなんて絶対にありえない。日米安全保障条約があるではないか。中国やロシアと戦うアメリカが日本を裏切るなんて、アメリカはそんなことはしない。このブータンの記事はいたずらに日本人を動揺させるだけだ」

正男は真相を明らかにすることよりも、今は家族の安全を第一優先で考えなければならないと自分に強く言い聞かせた。

3

神奈川県綾瀬市にある海上自衛隊厚木航空基地は第二次世界大戦後、米軍最高司令官マッカーサーが足を踏み入れた最初の地で、現在海自はアメリカ海軍と共同で滑走路を使用している。また、厚木基地は米海軍第5空母航空団の本拠地で原子力空母ロナルド・レーガンの艦載機の飛行テストと整備を行い、併せて海自の飛行部隊が使用する。

敵潜水艦を攻撃する海自の対潜哨戒機P－1は全長38メートル、航続距離8000キロメートル、巡航速度時速830キロメートル、高度1万3000メートルまで上昇可能、ターボファンエンジン搭載、8発の魚雷とハープーン対艦ミサイルを搭載、乗員11名、総重量56トン、積載量9トン。主にあの忌まわしい中国海軍の潜水艦を執拗に追跡する。

米軍は航空自衛隊司令部のある東京都福生市の横田基地に米軍の航空司令部を設置して日米共同で日本の本土防衛に務めている。米軍基地には大型輸送機が続々と到着した。戦車やロケット弾発射用のトラックが空港に集められた。装甲車やジープ、弾薬輸送用大型トラックなどその規模の大きさに驚く。大型輸送機Ｃ－１は密かに核爆弾も運ぶことができる。

水爆投下後、事実上日本には政府が存在しない。米国は日本の臨時政府ができるまでの間、治安維持に全力を傾ける意向だった。また、中国、ロシア、北朝鮮の侵略から無防備な日本を守る意味もある。

一方、東京湾の玄関口に位置する海上自衛隊横須賀基地には米軍イージス艦や原子力潜水艦が寄港している。日本社会は水爆投下で機能が完全にマヒして意識不明の重体だった。

政治経済を早急に立て直さないと不法入国者があとを絶たない。彼らは風土病といって独特のウイルスを持っている。コレラ、マラリアなどが多い。不衛生の国に生まれて病原菌に打ち勝った者だけが生き残って成人となる。彼らは保菌者であり性行為などで感染するからすぐさま隔離しなければならない。公衆衛生の発達したアメリカ人や日本人は免疫力がない。病人が続出すれば社会が大混乱に陥る。アメリカにとって日本は極東支配を実行する為に必要な軍事基地だから、混乱に乗じて敵国が攻めてくることを心配する。軍事基地を維持管理するには日本の政治が安定し、なおかつ経済が発展しないと物資の補給（食糧や日用雑貨品）に遅れが出る。医療機関の対応、軍用機器の整備や修理も考えなければならない。

2月22日の月曜日の夜、正男はトム・ジャクソンに会った。彼はアメリカ国籍で横田基地に所属する新型ステルス爆撃機F－22の現役パイロットだった。北関東一の風俗街、群馬県太田市にある黒人バー「ブルース」は古びた雑居ビルの3階にあった。若い黒人女性が3人、赤や青のセクシーで胸が大きく開いたロングドレスを着て酒を飲んでいる。黒人の体臭なのか店の中は少し焦げ臭いにおいがした。一見洋食レストランのようにだだっ広く、薄暗く他に客の姿はなかった。壁にはシルク印刷された赤色のオールド・カーが大きな額に入れて飾ってある。店の奥に進むと床がぎしぎし鳴った。男がうつむいてバーボンを飲んでいる。トムだとすぐ分かった。

「ごめん、遅くなって」

「オオー、正男。久しぶりだぜ。大変だったな……」

「水爆か。ひどい目にあったよ。日本はこれでおしまいかも……」

正男はウイスキーを注文した。トムはバーボンを大ジョッキで飲んでいた。

「今日は1ガロン（3・8リットル）飲むつもりなんだ。ストレスがたまっちまってよ」

「そんなに飲んでいいのか。翌日、頭が壊れるんじゃないのか。普通は1リットルが限界だと思うけどなあ」

トムは大声で笑った。そして急に真顔で言った。

「ところでよ。正男。日本は5兆円の防衛費を計上したとか。北朝鮮がミサイルを日本海にぶち込むから、慌ててオスプレイ5機を80億円で買ったらしいな。海自のイージス艦は四菱重工とＩＦＩが船体やエンジンを造るらしい。俺が乗っているステルス機の同型も四菱重工とＩＦＩと四菱電気が造るらしい。レーダーは四菱電気、エンジンはＩＦＩが、担ぎ込まれたアメリカ製の部品を四菱重工がていねいに最終組み立てするそうだ。日本の軍需産業は北朝鮮が暴れた方が大いに儲かるわけだ。

今年防衛省はこの３社にステルス機生産ラインの整備目的で１４８０億円支払う計画を立てたらしい。中国やロシアが領空侵犯したり、北朝鮮が核実験したりするから、防衛費に金をかけるんだな。おそらく臨時政府がこの路線を受け継ぐだろう。

日本はアメリカに毎年５０００億円も払っているとか。俗に言う用心棒代だが、ＮＯと言えない日本人が哀れで可哀そうだぜ。俺が言うのもなんなんだけど……」

トムは勢いよくバーボンをあおった。

「しかし、アメリカという国はひどい国だよな。同盟国、同盟国と友達みたいにちやほやしておきながら、ちゃっかり最新兵器は自国で使って、少し型の古い武器や弾薬、航空機や戦車を世界各国に売りさばいているんだぜ。世界が平和になったら困るのはアメリカなんだ。

全くばかげている。世界各国は兵器開発競争や空爆で使う金をもっと節約した方がいい。シリアがもめているのにアメリカは手が出せない。要するに金がないからだ。昔と違って貧乏になりつつある。戦争なんてやるべきではない。

もしそんな金があるなら、地球の環境に優しい産業の育成を図るとか、絶滅危惧の生物を救うとか。地球温暖化防止を叫ぶとか。やることがいっぱいあるのになあ。ほくそ笑む死の商人たちの談合の様子が目に浮かんでくるぜ」

正男は興奮するトムを見ながらウイスキーを静かに飲んでいた。トムはタバコに火をつけると思い出したように話し始めた。

「そうそう、俺、本題を忘れていた。アイム、ソーリー、正男。あのGLのモデルを知ってるか。背が高くて足のきれいな女だ。名前は確か、山本理香。セレブなお嬢様って感じの……」

正男はGLのモデルと聞いて、アメ横のトラブルを思い起こしていた。

「ああ、思い出した。確か雑誌GLのモデルをしていると言ってたな。その女がどうかしたのか。まさか、CIAの回し者と言うんじゃないだろうな」

トムは顔を少しゆがめ、手を払って笑った。正男の顔が真剣だったからだ。

「正男。CIAじゃない。でも、大した玉だぞ。理香は財閥のお嬢様だ。資産はざっと30億円ある。お前も聞いたことがあるはずだ。あの有名な安田物産の社長安田幸四郎の一人娘で祖父があの山本五十六らしいぞ。五十六の娘が安田家に嫁ぎ理香が生まれた。理香が高校二年の時、理香の両親が離婚、姓を山本に戻して母と二人で軽井沢に住んでいるらしい。その5年後に父親の幸四郎がガンで死ぬと、遺言書通り理香が幸四郎の全財産をそっくり相続した」

トムはニヤリとしながら正男の顔を覗き込んだ。

「おい、驚いたか正男。大金持ちの女だぞ。しかも若くてきれいな女だ。よだれが出る話だろう」

正男は深いため息をついた。

「山本五十六の孫とはびっくりドンキーだな。おそらく山本五十六の精神をかたくなに受け継いでいるんだろう。日本海軍の誇りか。まあ、わからんでもないが、戦争が終わって70年が過ぎようとしている。風化したと思っていたのは俺だけか。これから何が始まるのか、教えてもらいたいな。トム」

トムはバーボンの入ったジョッキを一気に傾けた。

「恐らくやっこさんは、玉砕するつもりだろう。名誉の為かな。海軍の血が黙っていないからだ。日本を守る為には全財産を失ってもいいと考えているんだとさ」

正男は眉間にしわをつくって首を傾けた。

「トム。どうしてそんなことまで知っているんだ。まさか、付き合っているなんて言うなよ」

理香に憧れているトムは恥ずかしくなって苦笑した。

「俺なんか、全然相手にされないよ。軍医をしている親友のジョージ・ハドソンが理香と深く付き合っている。二人は先月婚約したばかりなのに、今は離れている。どうやらお互い仕事が忙しいとみえるな」

正男はここに呼び出された理由がわからなかった。とにかく自分のことで精一杯で、しかも家族のことが頭から離れない。そして疲れている。若い女の話を聞きにわざわざ太田まで来た自分に腹をたてた。

「トム。俺は財閥の娘に興味はない。ましてや婚約中の女なんて、話題にする方がおかしい。俺は海軍とか誇りとかに関わりたくないんだ。他に話がないなら、そろそろ家に帰るぞ」

正男が腰を上げるとトムは慌てて正男を座らせた。

「ちょっと待ってくれ。話はこれからだ。俺の話を聞くまではここから一歩も外に出さない。わかったか。これ以上気の短い俺を怒らせるな」

トムの目が光った。その真剣な眼差しに正男は驚いた。

「いいか、よく聞け。理香は救国の戦士になるつもりだ。アメリカは信用できない。自らの手で日本を守ると決意した。今、密かに同志を募っている。中国の侵攻を阻止する海自の連中を一つにまとめようとしているのだ。アメリカは日本を戦場にするつもりだ。日本でハイテク兵器を使ってその威力を試して録画したいのさ。そして中東の石油産油国に武器弾薬を売って大儲けがしたい。昔、湾岸戦争に無理やり参加したアメリカは石油価格が暴騰してアメリカの石油会社がぼろ儲けした。わざと石油価格を吊り上げてな。アメリカの死の商人どもは世界中に戦争勃発の種まきをしている。

アメリカは北海道のロシアを叩き、九州の中国をつぶすための実戦を望んでいる。日本人の多くが犠牲になろうがおかまいなしさ。アメリカ本国は痛くもかゆくもない。日本の家が壊れようが、日本人が死のうが外貨を稼ぐ為なら何でもする国だよ。アメリカという国は……」

冷静に話を聞いていた正男は彼の意外な言葉に耳を疑った。

「おい、トム。お前って、アメリカ人だろう。アメリカ人のお前が俺になんでそんなことをしゃべるんだ。アメリカを裏切ることになると思わないのか」

トムは痛いところをつかれて押し黙った。正男は彼が友情で情報を流すとは思わなかった。

「確かに俺はアメリカ国籍だ。でもな、俺は親友の婚約者が好きなんだよ。独身女性の理香が有志を募って決起する話を聞いた時、俺はな、この胸がカアーっと熱くなって脳みそがフリーズしたよ。今までは馬鹿な日本人ばかりいると思っていたが、すべてを祖国の防衛の為に捧げるなんてよ。俺の血と魂が黙っていないぜ。俺は正義を愛する人間だ。アメリカの野望をくじく時がもうすぐやってくる。その時は、俺も命を張るつもりだ」

正男はキツネにつままれた顔をして大きく息を吸った。

「つかまって軍法会議にかけられ、すぐ独房入りだ。それでもいいのか」

「大丈夫だ。必ず亡命してみせる」

「どこの国に行くつもりなんだ。世界は甘くないぞ」

「わかっている。それよりも、正男は一度、理香に会うべきだ。会って真相を尋ねるべきだ」

「ありがとう。それを言う為にわざわざ俺に会いに来てくれたのか。全く、お前っていうやつは。うれしいよ。感謝する。とにかく今はじっとしている方がいい。日本はスパイ天国と言われている。最近、特定秘密保護法が成立してスパイに厳罰を与えるようになったが、まだまだスパイがうろちょろしている。中国、ロシア、北朝鮮、アメリカ、イスラエル。石を投げたらスパイに当たるほど、うじゃうじゃいる。特に、ＣＩＡはお前に目をつけているという情報が入っている。他人の心配をする前に自分のことを心配しろ。さもないと闇に葬られるぞ。盗聴にも気をつけろ」

「わかった。これは山本理香の携帯の番号だ。お前から連絡してくれ。彼女はお前の力を借りたいと、親友のジョージが言っていた」

「ありがとう。トム。また、会える日を楽しみにしてるよ。それじゃー、グッドバイ」

正男はメモを受け取ると急いで店を出た。店の入り口でサングラスをかけた数人の怪しい人影を見たからだ。

さっきからこちらを監視しているようで、恐怖が襲って指先が小さく震える。

「どこのスパイか見当がつかない。今はおとなしくしている方がいいかも……」

黒いスーツを着た怪しげな男たちの追跡から逃れる為に正男はきらめくネオン街をすり抜けるように足早に去った。

4

それから一週間が過ぎた。少し精神的に余裕ができた正男はトムの言葉を思い起こしていた。するとと急に真相が知りたくなって焦る思いを抑えながら一刻も早く理香に会いたいと欲した。

理香の住まいは長野県の旧軽井沢、富裕層が静かなひと時を過ごす高級別荘群の中にあった。浅間山の噴火でできた岩で作られた低い塀が続く。うっそうと生い茂った樹木の前方に赤レンガ風の大きな屋敷があり、一台が２０００万円もするＳクラスの黒いベンツが2台堂々と駐車してある。静寂なたたずまい、誰もいない様子に正男は幾分不安を感じた。いつ、誰が、どこから襲ってくるかもしれない。そんな緊張する状況の中で重要人物と会うことへの恐怖もあった。思えばこれまで信用してさんざん裏切られる世界で生きてきた。用心深く行動することだけが唯一身の安全につながることを体がよく知っている。

正男は理香に本心を見ぬかれないよう、あくまで凡人を装い慎重に接することを肝に命じた。

「ごめん下さい。野田正男と申します」

「あら、いらっしゃい。オー・ウェルカム。ほんと、うれしい。心からお待ちしておりましてよ」

インターホンから上品で澄み切った声が流れる。

車が通る大きな黒い鋳物製の門扉がジジジーと観音開きに開いて正男は中に招かれた。少し歩くと大きな玄関があり、中から身体が細く背の高い女性がしなやかに現れた。満面の笑みを浮かべて愛くるしい瞳が眩しいほどに輝いている。これはまさに正男の来訪を心から喜んでいる様子に違いない。長い髪を揺らしながら理香はブルーのロングカーディガンを着て正男を出迎えた。よく見るとカシミヤのニットで耳には金色のイヤリングが光っている。真っ白な肌にみずみずしい赤い唇が印象的に浮かび上がる。正男はあまりにも美しい女性の出現に、思わずハッとして大きく息を呑んだ。清楚でしなやかでしかも優美な輝きのあるうら若き女性がこの別荘で平穏に暮らしていることは一目瞭然で、洗練された愛に満ちた眼差しが正男の魂を激しく揺さぶる。

「ご無沙汰してしまって、ごめんなさい。あなたのお噂はかねがねお聞きしています。どうぞ中に入って……」

先に進む理香の艶のある後ろ髪が大きく揺れる。こんな若い女性が30億円もの資産を持っているとは。正男は改めて度肝を抜かれた。

「30億円か。凄いなあ。もし30億円あったら何を買うかな。先ずは豪邸、車はフェラーリ、ダイヤモンドにロレックスの腕時計、横浜のマリーナには大型ヨットを浮かべて、地中海にはフランス風の別荘を建てて……」

あれこれ考えながら広い客間に通された正男は黒革のソファーに体を深く沈めた。

イタリア製の高級家具が正男を驚かせた。大きな白いスタンドが壁を照らし机や椅子がどっしりと置かれてあった。銀色の額に収められた大きな鏡が正男を鮮やかに映している。理香が正男の顔をじっと見つめながら控えめに言った。

「何か、飲み物をお持ちしましょうか。正男さん、コニャックはいかがですか」

優雅に振る舞う理香を見つめて正男は遠慮した。

「でも、真っ昼間から、お酒は……」

理香は微笑みながら甘える声を発した。

「今日は、お泊まりになって。お願い……」

正男は甘い誘惑に胸が高鳴り、理香が望む行動をとるべきだと思って笑顔でうなずいた。

「ありがとう。あなたは器が大きい。私が見込んだだけのことは確かにありそう。安心してください。この家には誰もいないわ。大声で叫んでも誰も来ないから……」

理香はコニャックとグラスをテーブルに置くと正男に近づいた。そしてそっと唇を重ねた。

「理香さん。おもてなしは嬉しいが、先ずは肝心の話が先だと思うけど……」

現実に引き戻された理香はがっかりして正男を見つめる。

「もう少しロマンチックなお話ができるかと思ったのに……」

「ありがとう。でも、それは後にして。今は早く重要課題について話し合うべきではないかな……」

「わかったわ。あなたの言う通りね。それでは本題に入りましょう」

さっきまでの微笑みがすーっと消えて理香の瞳はただならぬ問題に直面していると正男の目

に訴える。大きく息を吸って理香はソファーに腰かけ静かに話し始めた。

「ここに、極秘ファイルがあります。先ず、あなたが目を通した方がいいわ」

理香は赤い表紙のファイルを正男に差し出した。正男は心臓が高鳴るのを抑えながらページをめくる。そこに書かれてある凄まじい内容に正男は思わず息を呑んだ。


しばらく黙読していると理香がコーヒーとクッキーを運んで来た。あこがれの正男がソファーにいるのを嬉しそうに見つめている。正男は真剣なまなざしでレポートを覗き込む。

「理香さん、このファイルはどうやって手に入れました」

「ああ、それは私が直接手に入れました。アメリカの調査機関シモンズの未公開文書です」

「北朝鮮が核開発をする理由が分かりました。俺はアメリカを脅迫して金を巻き上げようと考えていると思っていた。しかし、現実は違っていた。北が核ミサイルをアフリカ諸国のゲリラに売って外貨を稼ごうとしているなんて、全くもって想像すらしていなかった」

「そうなの。危険極まりないとはこのことね。この報告書は確かだと思うわ。これまで資源のない国だと、さんざん世界に笑われてきた北朝鮮には、実はウランが推定で４００万トンもあるの。これまで埋蔵量が世界1位と言われたオーストラリアでさえ１７０万トンしかないのに、これはびっくりする事実ね。

下品でしたたかな中国はこのウランに目をつけて北朝鮮を西側に売り渡すことができない。

欧米諸国とロシア、インドを抑えつけるにはやはりこのウランが絶対必要なのね。中国は最後の切り札として、世界同時核攻撃を計画中、その数、３０００発の大陸間弾道ミサイルを打って世界を滅亡させると脅迫するの。万が一、中国が世界を敵に回したら、シモンズは人類の完全な終わりだと警告する。

中国は北朝鮮をうまく手なずけてウランを安く手に入れることを常に考えているのね。

北朝鮮は韓国を攻め落として朝鮮半島の統一を願っている。サイバー攻撃を仕掛けて韓国軍を撃破して占領するつもり。南北統一こそが北朝鮮の夢なのよね。

ところが、水面下では中国に頭を下げて属国扱いされることに猛反発。最悪、中国に水爆を落とすことも視野に入れているそうよ。北朝鮮は韓国を占領したあと、日本にも触手を伸ばす計画があるわ。早い話が、日本を植民地支配したいと考えている。高度成長してインフラが整備された大都市が多い日本に憧れているわけね。自分たちで作るよりも奪った方が早いと考えている。人のものを奪うなんて最低。私は中国や北朝鮮が全く理解できない。殺し合いや略奪を好む野蛮人がどうしても許せないの。そしてあの友好国台湾までが尖閣の領有権を主張するのよ。全く腹立たしい話だわ。結局難局、日本の周りは敵ばかりなのね。

日本はやがて分割統治の時代に入っていくと、シモンズはここに記している。北海道はロシアが、九州は中国が、四国はイスラエルが。そして本州はアメリカが統治するらしい。

北海道はロシア人で、九州は中国人で、四国はイスラエル人で、本州はアメリカ人で溢れるのよ。ぞっとするわ。役に立たない日本の高齢者は安楽死の道を進む運命になると書いてある。老人や入院患者が真っ先に葬られるわけね。

今、中国では赤玉と青玉の製造が急がれているそうよ。赤玉は1時間以内に、青玉は72時間以内に死ぬ毒薬のこと。九州を占領したら老人や入院患者に説明して赤と青の薬を手渡す計画なの。72時間たっても生きている者は中国警察が強制連行して収容所に移送する。そのあとは人体実験をしたり、臓器を取り出したり、最後は家畜のえさや畑の肥料にするとも書いてある。李斗安首相は左目と腎臓が悪いから若者のパーツが必要で数名の日本人が北京の病院に送られると思うわ」

正男は恐ろしい現状を突きつけられて胸を締め付けられた。

「確かに、起こりうることは間違いないわ。それにしても、日本の帝都のシンボルである、皇居、明治神宮、靖国神社が消滅して日本の歴史は終わったのかもしれない。

話は少し変わって、民主主義の最大の欠点は多数決。賛成、反対で数が多い方が勝つなんておかしいわ。知識と経験がある者が採決に関わるならまだしも、無思慮で非常識な者までが採決に関わるのはどうかしら。

国会議員も国家試験に合格した者でなければ、立候補できないようにしなくては駄目ね。医者や弁護士のように多くを学んだ専門家の活躍を期待したいわ。

世襲やスポーツで参議院選挙に当選して金持ちになる者があとをたたないのは残念なことね。特にプロレスラーが参議院議員になるなんて幻滅だわ。開いた口が塞がらない。

衆参合わせて日本の国会議員は７１７人。一人当たり年間４０００万円も支払われている。年間２８０億円もの金がバカ議員に支払われているのはとても残念ね。

そうそう、関西でＯＬをしていた30過ぎのあほ女が、ニシンの党から出馬して年間４０００万円もらっていると聞くだけで頭にくるわ。２年間で８０００万円も貯金ができたと周りに自慢して、国会が会期中なのに無断欠席して愛人の秘書と温泉旅行に行ったなんて、ほんと言語道断だわ。好色一代女の低能なバカ議員よ。恥を知れ……」

理香は日頃から思っていたことを口にして思わず両手で口を押さえた。

「あら、ごめんなさい。なんて恥ずかしいことを言ってしまって。話が少し横道にそれてしまったようね」

正男は理香の情熱がほとばしる演説を落ち着いて聞いていた。

「なかなか面白い話ですね。理香さんは、社会のことをいろいろ考えているんだ」

決して皮肉でない正男の言葉に理香の胸は大きくはずんだ。

「お話ししたいことは、まだまだたくさんあります。でも本日のテーマは日本の救済です。あなたがこの現実をどうお考えになるのか、率直な意見をお聞きしたいわ」

正男は率直に答えようとしたが押し黙った。

「何か、お気にさわりました。失礼があればお詫びしますが……」

理香は正男の考えを聞きたかったが、正男をそっとしておいた方がいいと思い、しばらく窓の外に目をやった。

「理香さんは確か、山本五十六先生のお孫さんでしたね」

「よくご存じですこと。誰に聞きました」

「知人から聞きました。何か、どでかいことを考えていらっしゃるそうですね」

理香は嬉しくなって思わず笑った。

「私は、海軍山本五十六の孫、尊敬するおじいさまの血が私の体を回っています。クオーター（4分の1）ですけど、本土防衛の血潮が全身にみなぎっています。必要とあればいつでも出動します。

祖父は事あるごとに、人の上に立つものは未来を考えることが大切だと申していたと伝え聞いていました。

日本の未来を考えることは大変意味深いものと思います。

昔から、よく言うじゃないですか。男は国を守る為に、女は子供を守る為に生まれてくる。そして男は国を守って、女は子供を守って死んでいくものだと……」

正男は理香が山本五十六のように前線に攻撃指令を出す日が、やがて訪れると胸の中で予感した。

第三章　外国勢が日本を分割統治

1

世界で原子力潜水艦を保有している国は米・英・仏・露・中・インドの6カ国だけで、悲しいことに日本には原潜は一隻もない。米海軍横須賀基地には米国の原潜がたびたび寄港する。原潜は核ミサイルを192発も搭載しているので、万一戦争になれば素早く発射装置に核ミサイルが装塡される。世界最強の米国の核ミサイル「トライデント」は全長13メートル、直径2メートル、重さが約6トン。射程距離は1万1000キロメートルにも及ぶ。

また、世界一と謳われる米国のオハイオ級の原潜は全長が170メートル、排水量1万6000トン、乗員155名。潜航深度は300メートルにも及ぶ。

原潜はアメリカ本国からの指令を静かにじっと待っている。最悪有事となれば素早く核ミサイルを発射する。必要とあれば海中に深く潜って核ミサイルを発射することもある。

あのペンタゴンでも原潜の居場所を知らない。原潜の行動は常に機密になっていて、身を守る為に遠く離れた安全海域から凄まじい攻撃を開始する。

その一方で、中国軍の兵力は230万人。海軍は北海、東海、南海の3拠点で三大艦隊を有事に備えている。核兵器は260発あり、大陸間弾道ミサイルが20基、中短ミサイルが800基、24時間体制で敵上空をにらんでいる。中国軍（中国人民解放軍）は国防軍ではなく、中国共産党を守る為の軍隊であり、国民を守る軍隊ではない。もし仮に共産党と国民が衝突したら中国軍は国民を情け容赦なく殺すだろう。それは中国共産党を守る国家的武装組織だから。

あの民主化運動、北京で起こった天安門事件で1300人の学生や市民が中国軍に射殺された事件がある。これは軍隊が共産党を守った結果と言える。現在、中国は資源確保と海上航路の確保に夢中だ。中国が掲げる目標に第一列島線がある。これは九州から沖縄、台湾、フィリピン、ボルネオを結ぶラインで、アメリカ軍を太平洋から追い出す為の作戦で中国海軍基地の建設が急ピッチで進められている。

中国海軍の潜水艦、「宋《ソング》」は乗員は60名で、全長が75メートルもある。

この攻撃型潜水艦16隻が九州の沖合20キロ付近に潜航した。エンジンはドイツ製、ソナーはロシア製で到底国産だと言えないが、馬鹿な中国海軍はまぎれもなく国産だと世界に誇示する。中国海軍は強敵のアメリカと日本の潜水艦が潜航する進路で、海底深く潜って待ち伏せするのが決まりきったいつものやり方だった。中国が南シナ海のパラセルやスプラトリー諸島でミサイル基地を作っているとの情報に日、米、フィリピン、ベトナムが脅威を感じている。国際社会の反発を無視してまで中国は着々と基地を拡張して軍備を増強する。あくまでも自衛の為と主張する中国政府に対して東南アジア諸国連合は緊張と警戒を強めている。

アメリカ海軍はイージス艦を80隻保有している。そのうちの2隻を日本の本州の太平洋側に緊急派遣した。中国に対して威嚇攻撃を前面に打ち出し、あくまで一歩も引かぬ態度をとった。イージス艦とは対空、対艦、対潜水艦用に開発された大型戦艦で高度な防空体制を実現し、イージスシステムを利用した情報処理能力に優れ、対空射撃能力を十分備えている。

レーダーが敵の攻撃をいち早く分析して状況に応じた攻撃をしかける。敵航空機やミサイル攻撃から味方を守る最新鋭の戦艦で日本はイージス艦を6隻保有している。日本のイージス艦「みょうこう」は全長160メートル、排水量9000トン、乗員300名。ちなみに、イージス艦一隻の値段は1200億円から1500億円とも言われる。

ところで、圧倒的な軍事力を持って大戦に臨むアメリカでも中国の侵略を阻止することはできない。なぜなら最近中国は速度の速いアメリカの戦闘機をいとも簡単に撃墜する地対空ミサイルを強力に配備したからだ。この中国のミサイル基地計画はアメリカ政府の頭痛の種で、中国が南シナ海の制海権をいち早く奪取することになり、アメリカ政府がギブアップするものと中国側は推測する。

国際社会の批判を浴びながら、そこまで軍事力の増強を図ろうとする中国人の資質を問いたい。実にさもしい民族だ。共産主義国とはこのようないやらしい民族の集団なのか。日本人は決してこのような人種と深く関わってはならない。

オランダ、ハーグの国際司法裁判所が、中国の軍事行動が国際法に違反していると判断しても自衛権の行使だと突っぱねる中国政府は世界を無視する公算だ。あくまでも航行の自由を守る米国は中国のミサイル基地の破壊に躍起になっていた。

日本の潜水艦「おやしお」の後に登場した潜水艦、全長84メートル、乗員65名を乗せた「はくりゅう」が突然消息を絶ったと海自の横須賀基地で大騒ぎになった。それと同時に、水中発射方式の弾道ミサイルを搭載した中国海軍の原子力潜水艦「晋《ジン》」が四国沖40キロまで接近したとの情報が入った。

1グラムのウランは2トンの重油に匹敵する凄まじい火力を持っている。原子炉の核融合は空気を必要としない。原潜は必要であれば任務遂行の為に一年間潜りっぱなしでも平気なのだ。

「空から潜水艦を見つけて魚雷を撃ち込む対潜哨戒P－1を飛ばせ。奴らは急いで逃げ出すぞ。潜水艦の強敵である対潜哨戒機に我々は全てを託そう。ところで乗員65名の安否はいまだに確認できないのか」

小柄で白髪まじりの中川海将は暗い目で言った。

「現在、原因不明で通信が途絶えています。対潜哨戒P－1が一機、現場付近に向かっているところであります」

直立不動の姿勢で川田1等海佐が苦しそうに答えると、顎をしゃくる中川は怒りを抑えながらくぐもり声で問いただす。

「おい、米海軍は何も言ってこないのか。こんな緊急時にだんまりか。いつもそうだな。お高くとまりやがって」

「緊急に打診するも、詳細を全くつかんでいないとのことです。中国の無線は傍受したが、はくりゅうに関しての通信は一切なかったそうです。誠に冷たい友軍であります」

「そうか。米国ですら情報を得ていないのか。これは真相究明にかなり時間がかかるぞ。しかし、忽然と姿を消すとはやっぱり魚雷でやられたのかな。深い海底に隠れた敵潜水艦に待ち伏せされたに違いない。ちくしょう。卑怯者め……」

中川は不機嫌な目で川田をにらみつけた。

海将は幕僚長に付き添って政府に対して速やかに釈明をしなければならない。何をどう話せばいいのか窓の外を眺めながら考えていた。家田防衛大臣からお叱りを受けるのはまだしも、生き残った何も知らない臨時政府の自由党幹部に馬鹿にされることだけは避けたい。防衛のぼの字も知らない政治屋の心配することはただ一つ、マスコミの猛攻撃だ。

海上自衛隊司令部の怠慢で65名の尊い命が海のもくずになったと大騒ぎになるだろう。ましてや中国海軍にやられましたでは済まされない。ここは差しさわりのない発表にとどめておいて、ひとまず世論の反応を見るべきだと中川は考える。生き残った政府自由党の残党をしばらくの間、なだめすかしておいて、とにかく時間を稼ぐことだ。そう思うと急に中川は胸の内が重苦しくなった。

2

九州の鹿児島に中国軍が上陸した。北海道の函館にロシア軍が上陸した。そして四国の土佐にイスラエル軍が上陸した。アメリカ政府は事態の推移を見守ると発表するにとどまり、日本の防衛の為の開戦を意味する発表は何一つなかった。表向きは中国、ロシア、イスラエルを非難する声明を世界中に発信しても、直接の軍事行動を示唆する発言は避けた。

「アメリカはなぜ、攻撃しない。日米安保条約とは相互協力と安全保障が条約締結ではないのか。日本が攻撃されたらアメリカが守るという安保は嘘だったのか。あれだけ日本の社会が混乱して大騒ぎになって、急いで立法化したのに」

日本国民は疑心暗鬼になり今後の事態に不安を隠せない。日本が外国人に制圧される事態に、陸、海、空の自衛隊はアメリカ政府の出方を待つしか他に方法はなかった。自衛隊や警察、消防までが無気力で消極的だった。全てはアメリカ頼みだからだ。

戦争に負けた日本政府はアメリカ政府が右と言えば右を向いてきた。また、左と言えば左を向いてきた。要するにアメリカの手下だった。広島、長崎に原爆を落とされたショックでアメリカの占領政策にこれまで盲目的に服従してきた。

誰が悪いといえば戦争責任者だろう。戦争責任者といえばあの東条篤史だ。しかし、歴史を冷静に見れば、確かに陸軍大本営のトップが悪いと思われるが事実は違う。

世界が大不況になった時、アメリカは不況を乗り越える為に密かに戦争を企んだ。戦争になれば物資が必要になり、特需で国内の産業がフル操業して経済が発展する。アメリカとイギリスは陰で手を組み、白人でない日本人を外交上の窮地に追いやった。馬鹿真面目な日本人は短気ですぐ頭にきて、勝てる相手でない巨大な資源国アメリカに愚かにも宣戦布告をしてしまった。

これは過去に日清、日露戦争で勝利した日本陸軍のおごり、たかぶりが失敗を招いたと推測できる。まぎれもなく軍人の思い上がりが敗戦を招いたのは事実だった。日本は神の国。必ず神風が吹いて勝利すると陸軍の青年将校たちが盛んに決起した。

中でも新聞社が特に悪い。戦況が悪化していても日本軍がめざましい活躍をしていると嘘の記事を書いて国民を何度もだました。国民は前線基地の勝利に酔いしれ、さらなる犠牲を提供した。お国の為に男子たるもの命を捧げて日本国を守れと万人が口にした。戦地に送り込まれた若い兵士の絶命を日本軍の上層部はどう思っていたのだろうか。

A級戦犯B級戦犯と、占領軍による東京裁判が速やかに行われた。当時、戦争責任を免れた軍人が戦後、商社や銀行などの役員を歴任して他界した話をよく耳にする。普通なら責任を感じて自害すべきなのに、おめおめと生き延びて金を稼いでこの世を去っていった。結局は下士官や兵隊が貧乏くじをひかされたことになる。いつの時代もそうなのか、下の者が損をする仕組みになっていることは悲しい現実だ。

ドイツ、アメリカ、日本が原爆の製造に奔走していた。終戦の直前まで、日本軍は独自で原子爆弾を製造する為に大量のウランが必要だった。岐阜県多治見市で、学徒動員された男子生徒30名がウラン鉱脈を発掘して手作業でウラン鉱石を木箱に集めていた。指導したのは地元の学校の教師でウランの専門知識が有った為、陸軍からの命令で現場にかり出された。教師は幼い生徒たちが何も知らずに素手でウラン鉱を集める様子を見て唖然とした。

「むご過ぎる。白血病になることが分かっているのに陸軍は子供を酷使するのか。これが戦争か。これが現実なのか」

その教師は終戦を靖国神社で迎え自分の罪を償う為に、白昼堂々靖国の境内の片隅で潔く自刀した。戦争で亡くなった者は日本の軍隊を憎んだであろう。軍隊の幹部や士官は戦争が終わるとさっさと郷里に帰って第二の人生を歩んだ。多くの人が不幸な死に追いやられたことを忘れてしまったのか。他人はどうでもいいけど自分がかわいい。そういう日本人の集団が敗戦を招いたのではないだろうか。

最初は口喧嘩、大声を出して荒れ狂う。次は殴り合い。そして最後は殺し合い。どちらかが死ぬと喧嘩は終了する。国どうしも同じことが言える。紛争が勃発して軍隊が出動する。にらみ合いが続き部隊が衝突する。多くの犠牲者が出たら和平交渉が行われ、やがて戦争が終結する。暴力はいかんと言いながら、結局のところ暴力に訴えてしまう。世界中の国々で同じようなトラブルが幾度となく繰り返される。

悲しいかな、相見互いに人や国は助け合って生きていくことができないものなのか。

3

四国の高知県にある土佐清水の海上保安署を占拠したイスラエル軍は保安署にある机やイスを全て片づけて前線の司令部を設置した。軍隊が愛用するグレーの椅子やテーブルが次々と運び込まれ、無線機が騒々しく鳴り響く。清水港は海上封鎖され漁船の出入りが禁止された。大隊長である少佐、副官の中尉、曹長が四国の地図を広げて熱いコーヒーを飲んでいた。先ずは軍用車の燃料の確保と水や食料などの補給が急務だった。

土佐湾の北にある高知龍馬空港にイスラエル軍の大型輸送機が次々と着陸して戦車やトラックが空港の滑走路のわきに並べられた。先発隊の一個大隊1000人が任務に当たれるように野営基地が空港に作られる。2週間もすれば一個師団2万5000人を収容しなければならないほど、過密なスケジュールだった。四国の港や空港の要所に各駐屯基地が早くできなければ四国の安全が脅かされる。そして四国の統治が遅れる。イスラエル軍は中国軍の侵攻が心配だった。共産主義者は怒濤のごとく押し寄せ略奪と破壊を繰り返す。

その反面、新政権の樹立に向けてイスラエル人は活気に満ちている。第二イスラエル共和国の建国がもはや現実になったからだ。兵士の顔からは喜びが溢れていた。

イスラエルは北にレバノン、東にヨルダン、西にエジプトがあり周囲は異教徒に囲まれている。ユダヤ人1300万人のうち4割がイスラエルに、4割がアメリカに、残りはヨーロッパや北アフリカで暮らしている。海抜800メートルの高台にギホンの泉があり居住区としてこの水が欠かせない。ユダヤ人は昔から北東部のシリア・パレスチナと争ってきた。

ダビデ王ソロモン王がイスラエルの黄金時代を築くが、ローマ軍の侵攻でイスラエルが滅亡した。後にローマ支配に対する反乱が起こらないように策が練られた。

ローマ帝国の総督の一人ポンテオ・ピラトは、イエスがいるとユダヤ人の民族意識が高まってしまうと考えた。それでは治安が維持できない。ピラトは、邪魔者のイエスに死刑を宣告し十字架の刑を実行した。この事件をきっかけに反乱が起き、鎮圧に向かったシリアがエルサレムを攻撃したが失敗に終わった。その知らせに激怒したローマ皇帝ネロはローマ軍6万人を送り込み、ようやくイスラエルを鎮圧した。

ユダヤの仇敵パレスチナ人はユダヤ人の居住区エルサレムに住んだ。そしてユダヤ人の聖書をことごとく焼き払い憎いユダヤ歴も廃止した。この時、迫害されたユダヤ人は暴徒化したパレスチナ人を軽蔑して心に大いなる復讐を誓った。これが現代の中東戦争の始まりだった。そののち、エルサレムはペルシャに占領され、そしてビザンチン帝国が勝利した後、イスラム教が大勢力となりイスラムの大きな波に呑まれてしまった。そして再びキリスト文明は崩壊した。

神は民の平和を願いモーゼとイエスを聖地エルサレムに送り込む。そしてユダヤ教、キリスト教が誕生したが神の意志が届かない為、最後の切り札として予言者マホメッドを聖地エルサレムに送り込んだ。実はユダヤ教、キリスト教、イスラム教の全てが同じ神である「アブラハム」を信奉していた。「アブラハム」を崇める信奉者たちの醜い争いに、最高神たるゼウスは胸を押し潰し深く嘆き苦しんだであろう。海の神ポセイドンも目を真っ赤にして泣いたという。

マホメッドはユダヤ教を排斥してイスラム教勢力を急速に拡大させ、その勢いは中東全土にも及んだが、意外にも1099年の十字軍の大遠征でイスラム軍は完全に大敗した。

この十字軍の大軍は純粋なキリスト教徒の巡礼者集団であり、心から愛するイエスを無残に殺害した不届き者のユダヤ人を憎み、ことごとく残忍な手段で殺害していった。

第一次世界大戦でイギリスがエルサレムの植民地支配に成功した。

1947年、国連がパレスチナの土地を分割してユダヤとアラブの二つの国家を建国すると宣言し、第一次中東戦争でイスラエルは独立を宣言した。現在も土地争いでイスラエルとパレスチナの戦闘が続く。土地を奪われたパレスチナ人（アラブ人）80万人が難民となり、アラブ国家（エジプト、シリア、ヨルダン）がイスラエルに報復攻撃した。エルサレムはユダヤ教、キリスト教、イスラム教の聖地なので、貴重な土地をめぐって争いが絶えない。

2008年からはイスラム原理主義のゲリラ「ハマス軍団」がイランから手に入れた射程距離40キロのミサイル攻撃をしかけると、イスラエル軍は素早く攻撃用ヘリで爆弾製造拠点をことごとく空爆した。


イスラエルとパレスチナは米国が提案する和平交渉を受け入れない。報復の報復が繰り返されてしまう。貧困にあえぐパレスチナ人を圧倒的な軍事力で痛めつけるユダヤ人はアメリカ在住の裕福なユダヤ人の好意的な支援を受けている。アメリカがバックのイスラエルは入植地をどんどん広げて、ユダヤ人口の増加を目指し武力でパレスチナ人を抑えつける。さらには周辺のアラブ諸国に脅かされない強固なイスラエル共和国の建設を目指している。

イスラエルは密かに核兵器を持っている。フランス政府と原子力協定を結び、80発の核ミサイルを地下に隠している。その事実に驚いたイランは核開発に躍起になった。

殺される前に相手を殺す。イランは核開発を急ぐあまり、欧米の反感を買い経済制裁を受け続けた。自国の石油が売れない。国力が衰え遂には核開発を断念してしまった。すべてはイスラエルの陰謀だったことは明らかにされていない。キリスト教徒の欧米はアラブ人からイスラエルを守ることに奔走する。なぜならキリスト教徒の聖地、エルサレムは欧米人にとってキリスト教の大本山だからだ。

土地を取り上げられたパレスチナ人は難民となり、さらなる貧困が待ち受ける。自爆テロでイスラエル側に多大な損害が出ると英雄扱いされ、遺族は仲間からお金を受け取って細々と暮らす。聖戦とはアラブ人の命をアラーの神に捧げること。

このどうしようもないアラブ人に手を焼くイスラエルは海に囲まれた平和な楽園をどんなに待ち焦がれたことか。第二イスラエル共和国の樹立は世界に散らばるユダヤ人の悲願だった。地続きだから戦闘が絶えない。この理由があるからイスラエルは島国の国家樹立を願う。まさに日本の四国が最適だった。欲を言えば日本全土を征服したい。しかしそうはいかない。四国で軍備を拡張した後、九州、北海道を手に入れるつもりだが、本州はアメリカが実効支配するから不可能だ。なぜなら、アメリカに在住する富裕層のユダヤ人たちのひんしゅくを買うからだ。日本の四国は第二イスラエル共和国にするという密約がイスラエルとアメリカ在住のユダヤ人との間で既に交わされていた。イスラエルは軍備を拡張して外貨を稼ぐことに躍起で、アメリカの手下になって世界に名をとどろかせたいのだ。極東支配を試みることは中国、ロシアを袋叩きにすることでもある。イスラエル軍はアメリカ政府に盾突く沖縄はやがて中国に占領されてしまうだろうと思っている。心が休まらないイスラエル人は何百年も続いたユダヤ民族の不幸な歴史を今も忘れずにいる。

4

貧富の差をなくし理想郷を築く為に、マルクス・レーニン主義が台頭してソビエト社会主義連邦共和国が成立し、国力を増したソ連が西側諸国と激しく対立した。

第二次世界大戦でドイツが降伏すると頭脳明晰なドイツ人科学者が大勢ソ連に移住し、目覚ましい科学の進歩を遂げた。戦略兵器から宇宙開発競争までソ連はアメリカと互角に戦ってきた。しかし、社会主義の衰えでソ連が崩壊し、西側諸国に近い国々が自由を求めて欧米諸国に接近し始めた。ロシアは国力がますます衰え、欧米による経済制裁を受けてデフォルトを迎えつつある。石油やガスといった資源の輸出国だが、価格の下落で財政がひっ迫している。ルーブルがさらに下落する中、ロシアは以前の国力を全く失っていた。

社会主義と共産主義は異なるもので相容れないものがあるが、奇妙なことにロシアと中国はアメリカに対抗する為に、密かに共存共栄を図ろうとしていた。


北海道に侵攻したロシア軍は函館港に前線基地を作る計画をたてた。一個旅団1万人が到着する予定で準備は急ピッチで進められる。ウラジオストクから日本海へはいつでも出撃できるので、わざわざ太平洋側の函館港を選んだ。太平洋ににらみをきかせて本州のアメリカ、四国のイスラエル、九州の中国を監視する意図もあった。函館港にはロシア軍の原子力潜水艦「アクラ」、全長173メートル、排水量4万8000トン、乗員160名の最新型が3隻寄港した。ロシア軍は空港と港に軍隊の駐屯地を定め、外敵から身を守る為、24時間体制で北海道全域の空と海をレーダーで監視していた。

数日後、大きな旅客船が函館港に到着すると日本の老人たちが船の中に強制的に乗せられていく。ロシア政府は生産性の低い老人たちをシベリアに抑留するつもりだった。仕事はできない、治療費はかかる70歳以上の男女が経済発展の妨げになると判断したからだ。

船に乗れない老人や入院患者は薬物で息の根を止められた。そして死体をゴミ焼却場で処分していた。北海道をロシア第二の都市にすることがロシア政府の目標で、豊富な農産物をロシア本国に送り込む計画はプーリン大統領の政策の看板にもなった。

札幌、函館、小樽が陥落して札幌市に臨時政府が樹立されると警察と自衛隊が掌握されてロシア政府の監督下に置かれた。生活は普段通りに行われたが、従属を余儀なくされた日本人はロシア軍の管理下で生きていかねばならない。

太平洋戦争で日本が窮地に陥ると、日ソ不可侵条約を破棄して攻めてきたソ連。アメリカが日本を降伏の道に誘い始めると日本との条約を破棄して急きょ参戦して北方四島を占領した卑怯なソ連。どさくさに紛れて侵略を行使した裏切り者。現在のロシアはあの時代のソ連の蛮行の償いをすべきだと思う。ロシアは早く死んだ方がいい。この答えは自由主義国にとどまらない。何かと嘘をつくロシアがギリシア正教会の流れを汲むあのキリスト教徒とは信じがたい。

人間が人間らしく生きられるのはやはり、社会主義でもなく共産主義でもない。まぎれもなく資本主義の流れを汲む日本や欧米諸国が栄華を育む。しかし、今の日本は悲しいことに水爆を落とされた被害者の集団でしかない。政治経済はマヒして輸血を必要とする意識不明の重体だ。誰の手で命がよみがえるかは誰にも分からない。しばらく成り行きに任せる以外方法はないのだろうか。

中国もロシアも絶対に信用できないことだけは、落ちぶれた日本人の心の中に深く刻むべきだ。アメリカはどうか。アメリカも信用できない。最も危険なのはイギリスだ。フランス、ドイツは個人主義で平和を願う国民の素地が比較的あるように思われる。オリンピックで世界平和を願ってもオリンピックが終われば各国の紛争が勃発する。平和を願う国民が正論を訴えても、国家のリーダーはおざなりにしてしまう。国益、国益と叫びながら保護貿易に走ろうとする各国のリーダー達。所詮は支持率アップのための自作自演のパフォーマンスを演じたがる政治家ども。政治家は一体何を考えているのだろうか。弁舌を使って大衆をあざむき、賄賂を受け取る守銭奴であることに間違いない。このような状況では世界に平和は訪れない。平和国家を目指すとは口先だけのことで、結局紛争が絶えないのには目を背ける哀しい現実なのだ。

5

スラブ系民族のロシア人はギリシア正教会の流れを汲むキリスト文明国家だった。

１９１７年のロシア革命でロマノフ朝時代が終わり、ロシア皇帝ニコライ2世はもちろん、その妻や子供までが銃殺刑にあってこの世を去った。そして無神論を掲げるボリシェビキ派の臨時政府が樹立された。

１９２１年からソビエト政権はロシア正教会を弾圧、神の存在を否定する立場を断行して、修道士２０００人、修道女３５００人を処刑した。

スターリンは独ソ戦で勝利すると東ヨーロッパを巻き込んでソビエト連邦を築き上げた。

だが、時代はＩＴ化が進み、欧米社会に取り残される結果となり、国力も落ちていった。そのＩＴ開発競争に遅れをとったソ連は東欧諸国の民主化運動が勢いを増し、ハンガリーやポーランドが民主化に成功。バルト三国、エストニア、リトアニア、ラトリアが独立したので、衛星国家群の指導ができなくなり、ゴルバチョフ大統領が辞任したあと、遂にソビエト連邦が崩壊した。そののち、小さなロシア連邦が形成され今日に至る。

ロシア語やポーランド語のようなスラブ系言語を話すスラブ民族のうち、ロシア人、ウクライナ人、ベラルーシ人は東スラブ人と呼ばれる。

ちなみに、ドイツ、デンマーク、オーストリア、オランダ、ノルウェー、スウェーデンはゲルマン民族。アメリカ、カナダ、イギリス、オーストラリア、ニュージーランドの英語圏はアングロサクソン系と呼ばれる。イギリス系のアメリカ人は自尊心が強く、黒人、イスラム人、ヒスパニック（スペイン語を話すラテンアメリカ系住民）を人種差別する。世界各地には宗教や人種が違うだけで排他する悪い考えが根深く残っている。

ソ連時代の全盛期に建造した戦艦がかなり老朽化して廃船する為に函館港に5隻入港していた。函館港は水深が浅い為、戦艦がふ頭に近づくことはできない。

沖合で停泊して、小型船で運ばれてくる日本人高齢者の乗船に慌ただしさを増していた。北海道内から70歳以上の老人が強制連行される。自動小銃を抱えたロシア兵は老人たちにモスクワに連れて行くと説明する。着の身着のまま全く所持品のない老人たちは命令されるがまま次々と乗船していった。旧型戦艦「イルクーツク」は既に解体工事が終わり動力装置が撤去された。

ただの鉄の箱になった戦艦にはおよそ５０００人の老人が乗り込み、2隻のタグボートが沖合までえい航を開始した。上空には脱出者が出た場合、速やかに射殺するヘリが3機旋回している。黒い攻撃型ヘリは万一、報道関係のヘリが近づいた場合、ミサイルで撃ち落とす予定だった。イルクーツクが沖合20キロメートル、水深50メートルのところで停泊した。タグボート2隻は海水に浸かった長いロープを回収してすぐさま港に戻っていく。

海は穏やかで他の船舶がない。誰も見ていない沖合で老人らを乗せた廃船間近の茶色の錆びた戦艦はじっと何かを待っているようだった。戦艦の脇腹を見据える為に潜水艦が静かに近づいていく。

良心があるのか、全く血の気のないロシア兵士は戦艦から全員が急いで脱出した。最新鋭の高速艇が涙ぐむ心の晴れない20名の兵士を収容すると急いでロシア海軍の港に帰還した。洋上は風もなく波もおだやかだった。空は青く澄んでいる。今は他に任務が無いソ連時代に建造された旧型潜水艦「アリューシャン」が錆びた戦艦に近づくと急浮上してゆっくり停止した。

私情を押し殺した艦長が冷静に覗き込む潜望鏡が黒い大きな標的をしっかり捉えた。函館港にあるロシア海軍の司令部と交信中なのか、潜水艦は胴体を見せずセイル（船体から出た部分でレーダー、アンテナ、潜望鏡がある）を洋上に突き出して、恐ろしさのあまり体が震える本部の指令がおりるのを待っていた。そしてしばらくの間、鼓動が激しくなる緊張が続いた。

戦艦の上では大勢の年老いた日本人がのどかな海を眺めている。疲れ切った老人たちは久々に大海原の視界が広がって、思わず顔を見合わせて喜んでいた。日本に生まれて日本で育った人たち。それぞれの人生を歩んで来た男性、女性。70歳を過ぎてようやく静かな時間が送れるものと思っていた矢先に、東京に水爆が落とされ日本が外国勢に割譲されたいきさつなど、何も知らない老人たちはこの先何が待ち受けているのか全く何も知らされていない。学校を卒業して社会に出て一生懸命働いて、僅かばかりの年金生活。ぜいたくはできないが人並みの生活はかろうじて続けることができた。それなのにやみくもに処刑場に送り込まれる運命に、もはや抗う気持ちもないまま与えられた運命に身を委ねるしか他に方法はなかった。

ひげを伸ばし顔が脂ぎったロシア海軍の潜水艦の艦長が大声で叫んだ。

「いいか、よく聞け。お前たちは十分生きた。これより次世代の為に深い海で眠ることになる。働かざる者食うべからず。働けない者は早くこの大地を去るべきだ。たとえ、魚のえさになっても我々ロシア海軍を決して恨むな」

息を止めて艦長が右手を大きく下ろして合図した。突然、泡まみれの白い糸のような線が戦艦をめがけて洋上を走り抜けた。まるで海面を今にも駆け上がる勢いで長さ13メートルの魚雷は突き進んだ。あと数秒で何が起きるのか。5秒後に一発目の魚雷がさく裂した。しかし戦艦はなおも沈まないままだった。

「2発目、発射」

2発目の魚雷が戦艦のどてっ腹をぶち抜いた。戦艦は浸水が始まったが、それでもまだ沈まない。

「3発目、発射」

3発目の魚雷が船体を完全にくり抜いて大きな穴がぽっかりあいた。船首が苦しそうに少し上を向いた。すると浸水が激しくなって戦艦が大きく横たわりあえなく海中に呑まれていった。青い海が赤く染まる。5分程たつと戦艦「イルクーツク」は長い任務を全て完了して姿を消した。海底まで50メートル。実に静かにゆっくりと哀れみを抱き込んで無言のまま真っ暗な底に落ちていった。

6

北緯38度。この38度線が朝鮮半島を二分する北朝鮮と韓国の国境だった。朝鮮民族が真っ二つに分断された悲しい歴史がある。韓国大統領のバクおばさんは、やたら日本やアメリカに助けてくれや―と叫び続ける。しかし日本が意識不明の重体になるや、日本には全く見向きもせず、しきりにアメリカにすり寄る。まるで娼婦のように舌なめずりして、大きく身体をくねらせ盛んに媚びへつらう。

しかし、アメリカは韓国の防衛に力を貸している場合ではなかった。北朝鮮が韓国を制圧した後、日本に攻め入る考えがあるという情報をＣＩＡが既につかんでいた。アメリカは最悪の場合、日本の本州を戦闘地域にして北朝鮮の主力部隊を日本に集中させるように、プランＡ、プランＢまで作成していた。

「この際、韓国のおばさんには泣いてもらって、日本の本州が地獄になってもらわなければ、アメリカ全土が大けがをしてしまう。極東支配もさることながら、やはりアメリカ本土の安全を第一に考えなければならない。最後は我が合衆国が生き残ればいいことで、残念だが日本には捨て駒になってもらうしかない。よくよく考えればモンゴロイド（黄色人種）じゃないか。我ら誇り高きイギリス系アングロサクソン人は、あのゲルマン人やスラブ人とは格が違うことをこの際、はっきりと教えてやらなければならない。お前たち日本人は卑俗だということを」

北朝鮮が地下トンネルを使って韓国領に侵攻した。トンネルの数は２００余り。韓国政府は推定でトンネルの数は１００余りと油断していた。国境を越えた辺りに地下道の出口が隠されていたが、韓国軍は日頃の警備を怠った為に至る所に地下トンネルの出口が作られていた。ソウルを制圧した北朝鮮軍は韓国政府関係者５０００人をことごとく処刑して事実上の支配を実行した。すると、韓国内で操業する外資系企業が一斉に国外脱出をはかり、韓国経済は遂に破綻を迎えた。この事件を機に日本を支配するアメリカ、ロシア、中国、イスラエルは国益を守る為に４カ国首脳会談を再びハワイで開いた。

共通の敵は北朝鮮、アメリカは北朝鮮の大陸間弾道ミサイルがニューヨークに到達することに憂慮していた。北を怒らせない為に日本の本州をくれてやるかどうかまで夜を徹して議論していた。

「我が国は、これまで世界のトップを目指して頑張ってきたが、アメリカ経済発展のあたまうちに、今後の展望は望めない極めて深刻な事態に陥っている。それに反して北朝鮮軍の野望が増大して、奴らは日本を征服して太平洋諸国をも支配しようと目論んでいる。朝鮮人が優秀な民族であることを世界に認めさせたいのであろう。

略奪や侵略の時代が終わり、今まさに国連総会を軸に世界各国が団結しなければならない。全くバカげた挑発行為だ。今は日本を救うことを考えるのではなく、いかにして北朝鮮軍をやっつけるかを協議しなくてはならない」

アメリカ大統領は大声で叫んだ。中国、ロシア、イスラエルのトップも険しい表情で弁舌を聞いていた。

四国に駐留するイスラエル軍は北朝鮮の侵攻を阻止する為に、空軍基地の増強に本腰で取り組んでいた。アメリカ在住のユダヤ人が同胞を守ろうとアメリカ大統領に強く迫った為、米軍はイージス艦や原子力空母を四国沖に停泊させ、北朝鮮の核ミサイル攻撃に備えた。

イスラエル本国は日本を北朝鮮から守る為、さらに一個師団兵員2万5000人を投入すると発表、新たな軍事予算が閣議で決定された。あの杉原千畝の救出作戦で命を救われた人々の子供たちが立ち上がったからだ。

「我らユダヤ人は英雄杉原を永遠に忘れない。今こそ、恩返しをする時が来た」

と、民衆が叫ぶ。ようやく重い腰を上げたアメリカ政府は本気でイスラエルを支援する行動に出た。

中国、ロシア、北朝鮮がいつ逆襲するかもしれない状況の中でイスラエル軍は着々と軍備を増強していった。日本の本州に暮らす日本人にも刻々と緊張が高まり、陸、海、空の自衛隊に入隊する若者が基地に集まった。

「男は国を守る為に生まれてきた。たとえ戦争で命を落としても悔いはない」

東京に水爆が落とされて以来、日本人は絶望の彼方に追いやられてしまったが、遂に起死回生のチャンスが訪れたと思える状況になってきた。

第四章　愛は海よりも青い

1

私が愛する海上自衛隊員、シーガールズのメンバーを紹介します。これは極秘事項です。

1　工藤友里子　28歳　身長164センチ　O型　水泳が得意　父は幕僚長
神奈川県　厚木基地第3航空隊　2等海尉　XP－1対潜哨戒機　パイロット

2　中川美智子　24歳　身長167センチ　B型　空手が得意　父は海将
神奈川県　横須賀基地　1等海曹　護衛艦　やまぎり　通信士

3　川田美鈴　21歳　身長170センチ　A型　射撃が得意　父は1等海佐
長崎県　佐世保基地　海士長　イージス艦　みょうこう　砲雷科

以上3名は私が信頼する有能な部下です。しかとお見知りおきを。

GYとはグループ山本の略で海自のメンバーで創設された愛国者集団です。海自の全国の基地でメンバーが只今急増中です。


正男は送られた手紙に目を通していた。差出人は軽井沢で会ったあの山本理香だった。

海上自衛隊は旧日本海軍の伝統を受け継いでいる。ソ連の潜水艦を意識してこれまで対潜訓練を続けてきた。ところがソ連が崩壊すると代わりに中国が台頭して東シナ海で中国の潜水艦が頻繁に目撃されるようになった。

中国はロシアから「スホイ35」戦闘機24機とラーダ級潜水艦4隻を購入した。そして今後、南シナ海の実効支配を強力に推し進めていくと発表した。

海上自衛隊の任務は日本を取り巻く海域を守ること。日本の制海権の維持が任務で、中国、ロシア、北朝鮮の軍艦や潜水艦を撃破する為に日夜臨戦態勢で臨んでいる。

抑止とは戦争をしかける敵国に戦争をやめさせる為に激しい攻撃を加えること。

海自の潜水艦の巡航ミサイルに気化爆弾（酸化エチレンと酸化プロピレンの燃料を高圧タンクに入れたもの）を搭載して相手国に厳しく警告する。

気化爆弾が爆発すると半径3キロメートルが無酸素状態になり、人間や動物などあらゆる生物が5分で死んでしまう殺りく兵器。核保有国の中国をけん制するには海自の潜水艦がどうしても必要となる。海中に隠れて中国共産党幹部の居住地を気化爆弾で総攻撃すれば13億の民は指導者を失って白旗を振るだろう。

「海上自衛隊よ。子供じゃないんだから、もっと艦船の性能の向上を図りなさい」

第39代アメリカ大統領ジミー・カーターの訓告だった。

彼はアメリカ海軍士官学校卒業後、潜水艦部隊に配属された。政治家の父親が死んだ為、大尉で退役して大統領となった。

「我が潜水艦が敵の潜水艦を襲撃して海底に沈めなければ、我が国は敗戦国になるだろう」

カーター大統領はアメリカ海軍の増強を議会で訴えた。

敗戦国日本はアメリカに軍事技術の開発を厳しく制限され、世界の技術水準と比較したらかなり劣っている。これまでアメリカ海軍にさんざん馬鹿にされ、海上自衛隊は恥ずかしい思いをしてきた。

そして今日では、海上自衛隊は四菱重工業、川村重工業、冨士田重工業、IFIなどの企業と共同開発して幻の航空機、海自対潜哨戒機XP－1を完成させ、潜水艦そうりゅうを配備した。海自が誇る通常動力型潜水艦「ずいりゅう」と「うんりゅう」は原潜ではないが、アメリカの原潜「メイン」や「バージニア」それに「ニューハンプシャー」などと互角に戦える優れた性能を持っている。それはこれまで屈辱に耐えてきた忍耐強い海自の涙の結晶とも言える。

海上自衛隊は防衛省に所属する特別職国家公務員で敵軍艦の追跡と破壊が主な任務だった。海軍士官、下士官、水兵合わせて4万2000人の海上自衛隊員が日本の海を守る。海自は10キロの遠泳をこなす強者《つわもの》ぞろい。防衛大臣の指揮下に置かれ至誠と自己犠牲を重んじ、国民の生命と財産を守る勇敢な隊員ばかりだ。そもそも海上自衛隊は太平洋戦争で死んだ、あの山本五十六の強靭な意志をかたくなに受け継いでいる。

横須賀基地には日本海軍連合艦隊司令官山本五十六の大きな肖像画が飾ってある。

海自所属の哨戒機は敵原潜に魚雷攻撃を加え海底に沈める役割を担っている。またイージス艦には敵弾道ミサイルを撃ち落とすSM－3ミサイルを搭載している。陸上自衛隊が15万5000人、航空自衛隊が4万6000人、海上自衛隊が4万2000人。合計24万3000人で、日本の警察官が26万人いるので合わせて約50万人が日本の領土を防衛する体制ができている。

現在、航空自衛隊にはF－15、F－2、F－4の戦闘機が合計360機もある。ちなみに、F－15戦闘機は一機100億円もする。

仮に中国と戦争になっても恐らく3日くらいで中国軍を大破することは可能だが、日本には人類最終兵器である核爆弾がない。専守防衛で中国の核兵器を真っ先に破壊しなければ壊滅的なダメージを受けるのは間違いない。中国が自動小銃を持っていて日本がアーミーナイフしか持っていない状況に似ている。これでは明らかに日本が負ける。最悪、中国の要請で北朝鮮が核ミサイルを日本に撃ち込む危険性がある。日本が実際に勝利するかどうか、危ぶまれるのも現実だった。

2

ところでアメリカは日本を助けてくれるのか。アメリカは自国の政治、経済の問題で国が相当傾いている。以前の繁栄は全くみられない。アメリカ海兵隊員がアフガニスタン、イラク戦争で大勢戦死している。遡ればベトナム戦争。特に20代の若者の犠牲者が多い。

ベトナム戦争では米兵6万人が死亡して世界中に反戦運動が拡大、苦境に立たされたニクソン大統領が遂に敗北を認めて戦争終結宣言を出した。北ベトナム兵士100万人死亡、南北ベトナムの民間人合わせて60万人が死亡した悲惨な戦争だった。

アメリカには徴兵制があり若者は軍事教練を受けなければならない。戦地に送り込まれた若者が数多く戦死するのに反して、年配者たちは作戦司令部で怒鳴るだけなので滅多なことでは戦死しない。

昨今、アメリカは地上部隊の派遣を躊躇している。戦争で息子を亡くした母親たちが息子を返せとデモを行うからだ。デモは全米に広がり大きな社会問題となる。もちろん賠償問題も拡大していく。一人あたり5000万円から1億円の補償費がかかってしまう。

世界の警察はもうやめるべきだ。アメリカは自国の本土を守る為に戦費を使ったり、犠牲者が出るのはやむをえないとしても、どうして外国の為に莫大な金を使ったり将来のあるアメリカの若者がこの世を去るのか。これはまさに合理的ではない。これまでの偉大なアメリカをかなぐり捨てて自国が豊かになることを望まなければ、ますます衰退の一途をたどってしまう。

アメリカの軍需産業は武器弾薬を作って主に中東諸国に売りさばいている。原油価格の下げ止まりに歯止めがかからない産油国は財政難続きで近い将来デフォルトをしかねない。

武器産業が低迷する中、アメリカは他国の防衛に消極的な姿勢を見せ始めている。

日本には徴兵制がない。憲法9条の戦争放棄が日本の若者の命を救っている。日本人はアメリカの核の傘に身を寄せて自由と平和を手に入れているのが実情だ。

ところが、いざとなればアメリカが助けてくれるという伝説は完全に喪失した。昔と違ってアメリカは日本を守らない。最悪日本は中国やロシア、北朝鮮に侵略されるかもしれない。その時アメリカは悲劇が起こったと騒ぐだけで何もしないだろう。戦後日本を支配し続けてきたが、仮に日本を失っても別にＥＵ諸国と仲良くすればいいだけのこと。格好つけて日本に義理立てしてまで、国益を損なう必要はないと大統領は心の中で叫んでいる。

アメリカは今、無人機の戦略爆撃機の開発に全精力を傾けている。

ジャンボジェット機の機長を一人前にするのに10年の歳月と1億円が必要と言われる。１００人の機長を育てるには１００億円もかかる。それに伴う人件費や維持費もかかる。

アメリカの戦略爆撃機Ｂ－２は一機２０００億円でステルス性があり全翼機、その機長を育てるのに一人５億円もかかる。

そして金だけではなくもう一つ理由がある。戦争で捕虜になると待ち受けるのが拷問だ。捕虜になったアメリカ兵の多くが拷問を受け、殺されるのが運命だった。手足の切断は日常茶飯事。中には胸を切り裂いて内臓を引きちぎる狂人もいる。アメリカ政府が恐怖に満ちた拷問死を避ける為に、無人機やドローン攻撃に移行しているのも現実だった。

だから中国も無人機の戦略爆撃機の開発を急いでいる。

アメリカは同盟国日本を守ることに疲れてきた。自動車でＧＭやフォードが倒産に追い込まれている。とにかく燃費のいい、いやらしい日本車を米国で走らせたくない。アメリカのでっかい車を公道で走らせることがアメリカの文化だと今でも意気込んでいる。

世界のトップ民族がアメリカ人という自負はメッキのごとくはがれ落ちている。

まさに危機的状況が忍び寄ることに気づき始めたアメリカ人は最悪、日本を見捨てる覚悟まで用意し始めている。

そのことに全く気づかないバカな日本の政治家どもは毎晩、高級肉と赤ワインにうつつをぬかしてきた。日本の政治家は誰一人として日本の将来を真剣に考えてはいない。彼らは金欲しさで言葉を巧みに使う商人だからだ。私腹を肥やし、どこかに愛人を囲って夜な夜な快楽にいそしむ好色家が勢ぞろいしている。だから日本国民は政治家の詭弁に欺かれて残酷税を徴収される運命なのだ。


航空自衛隊と陸上自衛隊は沈黙を続けた。陸海空の自衛隊だが、陸自と空自はアメリカのご意向に従う方針を貫き通すつもりだった。しかし、海自だけは黙っていなかった。あの山本五十六の精神を今も海自の信条にしている。

「日本を滅ぼしてはならぬ。我々海自は日本の為につくさなければならない。たとえ空自や陸自が使命を果たさなくても、我々海自は最後の最後まで日本を守る。その誇りだけは捨ててなるまい。全ては日本を守る為。日本を守るのは海自の任務だ」

海上自衛隊の横須賀基地は熱気にあふれた。命を惜しむ臆病者はいない。男性自衛官も女性自衛官も死を覚悟する。日本を守るという大義名分を胸に刻んだ海自の自衛官は家族との別れも覚悟していた。

「国を守るために死ぬことは、たとえ短い人生であっても誇りと価値がある。次世代に平和が訪れるなら、我が命は祖国の防衛に捧げよう」

海自の隊員らは来るべき決戦に向けて命を捧げることを心に誓った。

3

ロシアが北海道を完全に占拠した。九州は中国が完全掌握した。四国はイスラエルが入植して支配地を増大している。外国人に不法占拠された日本人は土地を捨て本州に移住する者が後をたたない。名古屋と大阪におびただしい数の日本人が衣食住を求めてなだれ込んできた。本州はかろうじてアメリカの支配地であるため、以前の生活が保障されていた。

ただ、アメリカ政府は分割統治される日本に軍費を注ぐ気持ちがなえてしまった。できれば自衛手段を用いて難局を乗り切ってほしいとさえ思っている。

その一方で、九州ではエイズと梅毒が大流行していた。爆買いはヘアドライヤーや電気炊飯器だけではなかった。買春ツアーなるものが脚光を浴びて６日間で１６０万円のナイトツアーの目玉商品が大人気となり、性交渉した中国人は本国で性病を流行させて挙句の果て九州にも再上陸した。軍隊はもちろん、中国人居住区も性病感染者が続出して経済基盤が機能しなくなった。

一方、北海道ではロシア軍の基地で核燃料物質が漏れだし、臨界状態になって被爆者が続出した。事態を重く見たロシア政府は急きょ、ロシア軍の撤退を呼びかけた。

九州や北海道でトラブルが大きくなるのをアメリカ政府は傍観しているだけで、救援や対策に乗り出す様子もなく、テレビ報道だけがうるさく事件や事故を伝えている。

遂に、中国政府も軍隊の撤退を決断して中国軍は九州を脱出した。

第五章　イスラエルの星

1

ユダヤ人は祖国を失って世界に散らばった。あのドイツ人による残虐な行為から解放されたユダヤ人は再び生きる道を模索する。ドイツゲルマン民族に苦しめられた歴史を忘れるわけにはいかない。ごめんなさい、間違っていましたでは絶対に済まされない。やりたい放題やったドイツはやがてイスラエルの復讐を受けるだろう。ホロコースト（狂人ナチスが行ったユダヤ人大量虐殺）、それは人間の尊厳を踏みにじり、許されることのない非道な犯罪行為だった。６００万人ものユダヤ人を殺害したドイツはＥＵ諸国で威張っている場合ではない。ドイツ人は相当大きな罪を犯した。そのドイツは難民を受け入れて労働力確保に前向きだった。表向きは人道支援と言いながら、安価な労働力を使ってドイツ国内の産業を発展させようとする目論見。結局はゲルマン人が潤うことしか考えていない。イギリスもフランスも口では難民受け入れを表明しても腹の底では難民をボイコットしたいのが本音だった。自国が滅びる前に難民への門戸を閉ざさなければいけない。アラブ人のイスラム教徒がこれ以上増えてしまってはこの先暴動が待っている。それ故に、将来を悲観する若者が増えてきた。

イギリス、フランス、ドイツは中国に武器を輸出している。外交上はアメリカの意見に首を縦に振りつつ、外貨獲得の為に陰でこそこそ中国と貿易をする。そして外交と貿易は全く別問題だと双方が主張する。あのアメリカも同じ考えだから始末に負えない。

「軒を貸して母屋《おもや》を取られる」ということわざがある。

ある日、大雨で軒下に入り込む男がいた。家人は気の毒に思い、しばらく軒下で雨が止むのを待つ男をそっとしておいた。そしてその夜、家人が寝静まったところにいきなり男が乱入して老夫婦は斧で殺害された。男は家を占拠してしばらくの間、家人のように振る舞って暮らしたという。

同情すると命取りになるという教訓だが、今の欧州も似たところがある。難民や移民が今後増大して人口が急激に増えれば、文化の違う点が浮き彫りになって紛争が勃発する。

仮に5人子供を産むとする。やがてその子供が成人になってまた5人産む。これが100年続いたらアラブ人の人口は激増して政局を揺るがすかもしれない。将来その国の過半数を超えてしまったらどうなるのか。現在のアメリカがそうだ。アメリカに渡ってきた清教徒はアメリカ大陸を開拓して都市を建設した。南部の黒人を奴隷として働かせた。みるみるうちに黒人の人口が増えてしまった。そして黒人の大統領が出現した。おそらくEU諸国の中にはアラブ人の大統領や首相が登場するだろう。そしてアラブ寄りの国策が打ち出されてしまう。民主主義は数が多い方が勝つ。少数意見は時間とともに消え去る運命なのだ。

欧州に根付くキリスト教の人道支援が提唱されるのは、根底に隣人愛や博愛主義が存在するからだ。それはまぎれもない自由と愛を求める国民性と言える。

「貧しい者にパンを与えなさい。衣服が汚れた者に布を与えなさい。神はいつもあなたを見ている。神はあなたが弱き者を慈しむのを待っている」

世界に暮らす多くのキリスト教徒はキリスト教が人類最高の宗教だと明言する。それに対して、イスラム教徒はキリスト教を邪教と決めつける。この二大宗教が即時協定を結ばなければ宗教戦争は永遠に終息しない。


ベツレヘムの丘の近くに住むヨゼフは出発の準備に忙しかった。友人から手紙が届いたからだ。

「至急会って話がしたい。そして君の協力がいる」

差出人はマサオ・ノダだった。ヨゼフは日本に向かった。

幼少の頃からパレスチナ人の嫌がらせを受けて育った。しかし、大人になってパレスチナ人の女を好きになってしまった。出会った場所は世界選手権の開催地、柔道国日本だった。二人とも一度は結婚を諦めたが、どうしてもお互い忘れることができない。両親に反対されてまで結婚はできないが、一度火がついてしまったものはそう易々と静まる気配がないまま時間だけが過ぎていく。愛がすべてだと二人は考えているが、何度考えてもイスラエルやパレスチナには住めない。さげすまれ、閉鎖された社会で生きていくことは困難を伴う。もはや二人には第三国で暮らすしか他に方法がなかった。

ヨゼフにとって正男は信頼できる友人だった。ヨゼフの婚約者ロゼッタも正男が好きだった。三人は柔道を通して知り合った。日本人はユダヤ人を毛嫌いしない。西欧諸国は『ベニスの商人』に出てくるいやらしい高利貸しをイメージするらしい。アインシュタインやキッシンジャーはユダヤ人だった。アメリカ経済やヨーロッパ経済を支配するユダヤ人はうとましく思われるのが常だ。

ユダヤ人を象徴する言葉「選民思想」は神に選ばれた民族意識が高く周りの人を侮蔑する。ドイツゲルマン人はユダヤ人の台頭をひがみ地獄に落ちることを願った。

狂人ヒットラーに投票した1000万人のドイツ国民の罪は許しがたい。世界史はヒットラーやヒムラーが悪人と言うが、選挙でヒットラーに投票したドイツ人こそが悪人ではないか。

「勝てば官軍、負ければ賊軍」

もし仮にヒットラーが戦争に勝ったなら、ユダヤ人殺害は今も地球の裏側まで執拗に行われたに違いない。民族が民族をつぶす時代は昔のことで現代にはあってはならないことは自明の理と言えよう。

2

銀山温泉（山形県尾花沢市銀山新畑）は人口わずか190人の集落。全国の温泉人気ランキングが1位の大正ロマンあふれる小さな温泉街で、驚くことに宿はたったの15軒しかない。地元民は2月の雪の最も多い月夜が一番美しいと観光案内する。特に川沿いにあるレトロなガス灯が煌々《こうこう》と輝き、その上に雪が降り積もった光景はノスタルジア（郷愁）が湧き上がり、いつしか古き良き時代がありありと思い浮かび上がる。

ここは江戸時代、銀の産出量が多く徳川幕府の天領となり大いに栄えた。その後、銀が採れなくなると今度は湯治場（温泉につかって病気を治す）として栄えた。村に残る人別帳にはたまたま銀山に出稼ぎに来ていた鉱夫がぶらぶら歩いていたら、透明の湧き上がる温泉を偶然発見して、この山奥の温泉に続々と人が集まったと記されている。

山形新幹線大石田駅から市営バスで40分余り、3階建て木造建築の古い旅館が威風堂々と建ち並んでいる。電線が地中を走っている為、電柱や電線が見えない。西洋風のガス灯が大正時代の雰囲気を醸し出しているが、よく見ると実は電灯だった。奥に滝があり、その雪解け水が温泉街を静かに流れていく。川の水深は浅く水は清らかで、まさに天然水が流れているようだ。

3月15日の午後3時過ぎ、正男は一人で温泉街を歩いていた。宿の名は大正館、玄関の入り口に黒田正太郎という表札が目に入った。表側は木造3階建て裏側は鉄骨6階建てだった。6人乗りの小さなエレベーターがあった。部屋数は全部で12部屋しかない小さな旅館だった。部屋の広さは6畳で3帖の縁側があり椅子とテーブルがあった。窓の外には川を挟んで旅館が並んでいる。床の間には掛け軸があり、けやきで作られた違い棚がおごそかな和風のたたずまいを感じさせてくれる。部屋の中に白い石油ファンヒーターがあった。豪雪地帯で寒冷地仕様の旅館の内部は各部屋に石油が行き届くように配管が縦横無尽に走り回っている。条例で建築制限を受けるため、どの旅館にもカーテンが一枚もない。プライバシー確保は障子を閉めることで守られている。湯治に来る客が多く旅館の内装も質素なもので長期間滞在する為に宿泊料金が安く設定されている。一般の温泉とは違って色街ではないからギラギラしていない。実に素朴で質素な生活様式がうかがえる。

冷害の多い東北山形は昔から貧しく、あの大ヒットしたドラマ『おしん』の舞台になったことでも有名だった。純朴で全く飾り気のない村人の目には不幸な歴史が小さく光っている。

宿に入ると正男は急いでスマホを手にして小声で言った。

「もしもし、俺だ。今、宿に着いた。これからどうすればいいいか。教えてくれ……」

相手は低い声で話す。

「銀鉱洞の中に入って下さい。そこから歩いて5分くらいです。尾行されているからとにかく用心して下さい」

「わかった。今から宿を出る」

正男はサバイバルナイフを胸の内ポケットにしまった。

「銀鉱洞？」

洞穴の中でエージェントが待っていると思うと正男はぞくっとして体を左右に揺らした。

「今さら引き返すわけにもいかない。覚悟しなければ。もし、罠だったら、俺は恐らく生きて帰れないかも……」

そう思うと全身の筋肉が硬直する。正男はかたずを呑んだ。

「ひょっとしたら殺されるかもしれない。宿に何かメモでも残さないとまずいな」

いら立ちを抑えながら宿を出た。大きな白銀の世界が広がる。山奥にあるこの温泉は人影もまばらで年配の旅行者が一組ゆっくり歩いている。

東京に水爆が落とされて日本が沈没するさなか、のんびり温泉につかろうなどと考える方がおかしい。本州はまだましな方だが、北海道、四国、九州はおそらく温泉に入る人はいないだろう。老人が邪魔者扱いされて生死をさまよっているからだ。

「この温泉旅行が終わったら、あの夫婦はどこかで自殺するのか……」

正男は生気のない老夫婦の寂しそうな後ろ姿を見ながらつぶやいた。

「たった一個の水爆で日本がこんなにも変わるなんて。本当に悲しいことだ」

正男は黙々と歩き続けた。


しばらくして銀鉱洞の入り口付近に来ると貧相な老人が一人立っていた。地元民の様子に正男は安心して近寄った。

「ダイヤモンド・スカイを探している。教えてくれないか」

老人はにっこりうなずいて入り口を指さした。

「ダイヤモンド・スカイはな、水爆のことじゃよ。まあ、ここでは人目に付くから。とにかく中に入りなさい。さあ、早く行きなされ」

正男は軽くお辞儀したあと無言で中に入っていった。

はだか電球がついているが中は薄暗く歩くにはおぼつかない。つまずきそうになりながらゆっくり奥へと進む。鉱山の奥に大きな男が一人立っていた。

「正男?」

男は警戒している。右ポケットに手を入れたまま辺りを見まわす。一人で来たことを確認すると男は思わず笑った。

「正男だ。よかった」

「ヨゼフか?」

「イエス、イエス。正男。ヨゼフです」

二人は再会して喜びのあまり抱き合った。

「どうして、日本に来た？」

「正男が日本に来いと手紙をくれたから……」

正男は手紙など出していない。話のつじつまが合わないので正男は危険を感じた。

「これは罠かもしれない。早く外に出た方がいい」

いつになく緊張が走った。ヨゼフは何が起こるのか不安なまなざしで正男を見つめた。

さっき入り口に立っていた老人が口をもぐもぐしながら近寄ってくる。正男は大きく息を呑んだ。

「旅のお方よ。お揃いになった所で奥に案内しますよって。わしについて来なされ」

笑いながら老人は奥へと進む。そして古い木の扉をゆっくり開けた。

「さあ、さあ。中に入っておくれ」

二人は身の危険を感じながら指示に従った。扉の奥には軍事秘密基地があり思わず大声を上げた。

「なんてことだ。こんな山奥に、ハイテクの基地があるとは……」

正面の壁には日本全土の地図が大スクリーンに映っている。全国各地に配備された防空レーダーと人工衛星から送られてくるデジタル信号をスーパーコンピュータが情報処理していた。

正男は我が目を疑った。20余りの白いロボットが作業をしていた。ロボットたちはノートパソコンの画面を真剣に見つめている。壁にはオレンジ色のスパコンがずらりと並んでいる。赤、青、黄色、緑の無数のパイロットランプが明滅していた。

「どうじゃ、驚いたか。お客人……」

老人は自慢げに正男の顔をのぞいた。

「ここで、彼らは何をしているんですか」

正男は胸がドキドキするのを抑えながら老人に尋ねた。

「あそこにある、どでかいコンピュータはな、『京《けい》』じゃ。一京《いっけい》は兆の一万倍。早い話が1000兆円の次は一京円ということになる。ここにはこのスパコンが3台もある。

白いロボット『HAL』はアンタッチャブル（手が出せない）な聖域で世界中のコンピュータにアクセスして情報を収集する。パスワードやアドレスはもちろんのこと、監視カメラの映像、軍事基地のモニターなど何でも集めておるわ。そこら中にアクセスして毎日あくせく働いている。あの浅田真代のダブルアクセルとは、ちと違うけどな。あっはは！」

「目的は何ですか」

「目的か。それはだな、日本の為と言うか、この美しい日本を外国の軍隊から守る為じゃ」

正男は老人の言葉の意味が全く理解できなかった。

「この施設を作るのに、莫大な金がかかったと思うが、出資者は誰ですか」

「そいつは言えないな。でもよう、日本の未来を考える立派な人に違いない」

老人は正男の質問を避けようとして急に黙り込んだ。

「俺とヨゼフがここに呼び出された訳だが、おじいさんは何か、知ってるのか」

「知らねえ。おいらは頼まれてやってるだけで、何も知らんがや」

ヨゼフは正男の腕をつかんだ。

「正男。じいさんが困った顔をしてるぞ。もうそのへんで止めなよ」

「分かった。ヨゼフの言う通りだ。少し感情的になってしまった。おじいさん、謝るよ」

「ああ、くわばらくわばら。お客はんは、恐いな。それじゃ、わしはこれで消えるから、あとは二人でゆっくり相談しなされ」

老人はそそくさと出て行った。

「24時間働くロボットのハッカー集団か。恐ろしい時代になったもんだ。よその国も同じようなことをやっているんじゃないのか。中国や北朝鮮、ロシアやアメリカも……」

正男はため息をついた。ヨゼフは高性能ロボットの働きぶりを見ていた。

「こいつはたまげた。ロボットは核戦争を始める気か。この地下壕でアメリカや中国の核を操るつもりなのか」

黒い警備ロボット3台が近づいてきたが、すぐに認証して立ち去った。

「この空間はSF映画のようだ。警備もしっかりしてるな」

ヨゼフがこぼした。

「電力が確保されているから、奴らは無敵だぞ。おそらく風力発電によるものだ」

残された二人はこの秘密基地をしばらく呆然としながら眺めていた。

正男はスパコンをいじっていた。

「たしか、玄関の表札に黒田正太郎とあった」

正男はスパコンのアンサーを見て驚いた。

「黒田正太郎、本名黒川銀蔵。年齢85歳。三重県伊勢市生まれ。父親は神主。昔、やま日鉱や足立銅山の株取引で大儲けをした戦後の大物相場師。推定資産200億円。現在は銀山温泉の大正館を経営する傍ら、銀鉱洞の奥にスパコンを3台所有している。活動目的は不明だが、悪人ではないもよう」

正男は大きなため息をついて外に出た。

3

正男とヨゼフは宿に戻った。そしてひとまず温泉につかってから、今後の対応を話し合うことにした。宿はかなり古くたいした設備もないが、男二人が泊まるには十分だった。

「しかし、レトロだよな。大正ロマンが漂っている」

正男が窓から顔を出して言うとヨゼフが笑顔で言った。

「正男。ノスタルジアだよ。大いに郷愁にかられる。とってもいい所だ。素朴で無口な集落っていうのか、しみじみとしていて素晴らしい日本の文化を感じさせてくれる所だよ」

正男はうなずいた後、ヨゼフの目を見つめた。

「お前に、手紙を出した奴は一体誰なんだ。俺はトムに言われて来たんだけど」

「トムって、誰ですか」

「ああ、トムのこと、話してなかったっけ」

「何も聞いていないよ」

「トムは米軍パイロットであの最強のステルス機に乗っている。今も現役でアラスカと横田基地を往復する任務についている。トムとは浅草で知り合った。場末の外国人バーで。まあ、飲み友達っていうか。頼りになる男だ」

「ＣＩＡじゃないのか。その男は？」

「わからない。ＣＩＡに聞いてないから……」

ヨゼフは大声で笑った。

「それはそうだな。誰も自分からＣＩＡなんて言う奴はいないよな」

「ところで、彼女は元気か」

「ロゼッタのことかい。元気にしてるよ。先日、指輪が欲しいと懇願されたよ。そろそろ、結婚しなくちゃね。いつまでも一人にしておいたら、ロゼッタが可愛そうだ」

さっきまで大声で笑っていたヨゼフの顔が急に暗くなった。

「イスラエルとパレスチナか。水と油だな。しかし、愛は国境を超えると言うじゃないか。二人が信じる道を進むのが正解だと思うよ。別にさ、過去の歴史なんかどうでもいいじゃないか。人間は愛し合って、助け合って生きていくものだから……」

「正男。また出たよな。かっこいいセリフが……」

思い直したヨゼフは大きく息を吸って吐いた。

「正男。あのじいさんが、俺たちにアンダーグラウンドを見せた理由が分かるか」

正男はどう答えるか迷っていたが大きく口を開いた。

「誰かが作った秘密基地を見せたということは、俺たちに何かしてほしいということではないか。おじいさんが言ってたな。ここは日本を守る為に作られたと……」

「俺たちに、どうしろって言うんだ。何をすべきか全く分からないぜ」

「HALが活動していたよな。おそらくハッカー集団かもしれない。まあ、今のところは善玉のハッカーと思うしかないぞ」

「善玉のハッカーか。そいつは面白いことになりそうだ」

二人は顔を見合わせて笑った。

夕食のあと、正男はヨゼフを連れて旅館街を歩いた。まだ、雪が残っている。煌々《こうこう》ときらめくガス灯が温泉街の風情をかもしだす。

「『千と千尋の神隠し』に出てくる風景に似てるな」

ヨゼフは首を傾けた。

「ああ、ヨゼフは知らないか。日本ではやったアニメだよ。あのカオナシが印象的だった。湯婆婆も面白かった。ヨゼフも一度観るといい。日本のアニメは世界一だからな」

さすがに観光客はまばらだった。普段なら定年退職した金持ち夫婦が優雅に歩いているはずなのに。あの痩せこけた老夫婦は年金生活に入る前の一服なのか、それともこの世のお別れにやってきたのだろうか。どことなく寂しそうで無言でいる。

やがてこの小さな温泉街もさびれて朽ち果てるのかもしれない。水爆が落とされたせいで訪れる観光客がいなくなるはずだから。正男は日本が衰退に向かい始めたと思うと大きなため息をついた。二人は旅館街を少し歩いたあとすぐ宿に戻った。闇夜の中で銃口が向けられているかもしれないからだ。

座いすにもたれて正男はウイスキーを飲みながらヨゼフに言った。

「君の力を借りる時が来たら連絡する。ロゼッタの手も借りることになりそうだ」

正男はグラスを置くと黒いバッグから黄色のハトロン紙にくるまった札束を取り出して座卓

の上に置いた。

「ヨゼフ。ここに1000万円ある。君とロゼッタの報酬だ。もちろん、前金だ。追加料金はなしだ。成功したらあと1000万円支払うつもりでいる。万が一の為、この金は親に渡した方がいいと思う。残念だが君たちの命の保証はないから……」

「大丈夫だってば。心配するな。成功して国に帰るつもりだ。しかし、よくこんな大金を払えるな」

ヨゼフは驚きのあまり、正男の目を見つめた。

「俺の金じゃない。セレブなお嬢様から預かったものだ。要するに軍資金さ。戦争を始めるのに何かと金がいるだろう。最重要事項は祖国防衛と言っておく」

「そうか、目的は日本の防衛なんだ。ところでパトロンは誰だ。そいつは独身か。歳はいくつだ」

「パトロンは誰だか知らない。彼女は29歳独身で、資産は30億円。目下婚約中とか」

「そいつはすげーな。彼氏は逆玉か。ああ、うらやましいなあ」

「ヨゼフ。世の中金じゃないぞ。真実の愛に勝る物はないんだぞ」

「分かってますよ」

ヨゼフは1000万円の包みを嬉しそうにバッグにしまった。

「ロゼッタが喜ぶ姿が目に浮かぶよ。とにかく早く帰って戦争の準備をしなければならない。

もしも人手が足りないなら早めに言ってくれないか。ＰＣに詳しいやつが少ないからな」

「分かった。メンバーが決まったら、すぐ連絡する。情報が漏れないことが一番さ」

正男は窓の外に目をやった。あやしい人影はなかった。しかし、暗殺者がいつ部屋に踏み込んでくるかもしれない。今日あったじいさんも得体がしれない。ひょっとして敵のスパイかもしれない。疑ってかかっても損はないと思う。

「連れに聞いたけど、日本にはスパイがうじゃうじゃいるらしい。外国に情報を売る日本人もいるらしい。金の為に祖国を売る野郎はあとを絶たない。自分の国を守らなければ俺たちのような悲しい運命が待っていることに気づかないのかな。とても残念でならない」

ヨゼフはペットボトルの水を飲んでいた。

「おい、ヨゼフ。酒は飲まないのか」

ヨゼフは顔を左右に振って答えた。

「イスラムの教えは禁酒なんだ。ロゼッタが怒るから俺はやらない。アルコール、絶対ダメねって言うから。そのロゼッタなんだけど、エジプト大学を卒業してコンピュータ関連の仕事をしている。なにか、役に立つと思うけど」

「そいつはありがたい。でも大変だな、君たち二人は宗教が違うから。そう言えば、昔、米軍兵士とヨルダンの王妃が中東の街で出会って、あまりの美しさにひかれて兵士は結婚したけど、どうしても文化が違うので結局離婚したそうだ。しかもわずか一年で。やっぱり文化や習慣が違うとお互い不信感が募って、やがて爆発するんだろうな。宗教が違うとそうなることは明らかで、どちらかが改宗しなければその先、うまくいかなくなるもんだよ。同じものを信じて生きていかないと必ず破局がやってくる。男女の情熱的な愛もやがて色あせてしまうものさ。あんなに激しく愛し合ったひと時も時がたてば、かすかに記憶に残るだけで、燃え盛った赤色のバラが黒ずんでひからびてしまうのも現実だ。いいかヨゼフ。破局にならないように十分注意しろよ」

正男は説教が終わるとふと自分自身は大丈夫なのかと次第に不安になってきた。

4

新潟空港の近くに引っ越した正男は家族とともに静かな時間を過ごしている。関東はいまだ生活に困窮している。しかし、この新潟はうそのように平穏な日々が送れる。以前住んでいた埼玉県のように何もかも順調で生活するうえで何ら支障がない。しいて言えば子供の大学受験ができないことが悩みだった。正男の長男光暉が予備校に通い始めた。水爆で受験できなくなって、名古屋の大学を目指すことになった。東京の大学はすべてなくなってしまった。首都も名古屋に移転するらしい。おそらく東京は百年たっても死都のままだと思われる。人類破滅の放射能がいつまでもはびこって都市の再生を執拗に拒み続けることだろう。自然界の一部を壊した水爆は人類の不幸の始まりを告げる。愚かと言えばそれですむのだろうか。恐らく永遠に後悔する悲劇としか、人々の心の中に残らないだろう。核兵器廃絶は善良なる市民の願いだという事をアメリカ、中国、ロシア、イギリス、フランスなどが真摯に受け止めて世界の平和と安全を提唱しなければならない。そうしなければこれからの時代を生きていく若者たちの将来に暗い影を落としてしまう。

日本の神アマテラスは日本の秩序を尊び日本の和を保てと万人に諭す。世界も同じことが言える。世界は争いをなくし国家建設に万人が力を合わせるべきだと。

人には好みがある。好き嫌いがある。それぞれ各々の脳を持っている。ロボットなら単一化することができるが人間は一人ひとりが違う。顔が違うように考えや趣味嗜好も違う。ばらばらの考えや意見をもつ人間でも共通する点は平和国家の樹立だ。革命だの戦争だのと言って犠牲者になりたくないのが本音だと思う。生きている者が死にたいと願うはずがない。

命令され支配されて男は戦場に行かねばならない。逃亡すれば銃殺刑が待っている。死にたくない。戦場に行きたくないと思っても強制的に死の道を歩かされてしまう。

徴兵制とは一部の人間が不幸になる法律と言えよう。男子若者が銃弾を浴びて絶命しなければならない。老人と寡婦と子供は生き残っている。ましてや戦争を企てた軍の指導者たちは無傷でおめおめと生き延びている。これが戦争の実態だ。全員が戦場で死ぬのが公平ではないのだろうか。死にたくない者を戦場に送り出し、自分は国に残って飲んだり食ったりする。そして新聞を読んで一喜一憂する。まるで他人事ではないか。自分は死なない。他人は死ぬ。ああ、気の毒になあ。それで終わってしまう。何のために戦争が行われ、何のために兵士が死ぬのか。物事の本質が明らかにされていない。

仮に家田防衛大臣が総理の命令で自衛隊を出動させたとする。アラブゲリラのロケット弾で自衛隊員が100名死んだとする。総理は国会で大変遺憾なことでありますと弁舌して幕がおろされてしまう。残された遺族はどうなるのか。戦死した夫や父の思い出を胸に抱きながら生きていかねばならない。死んだ者はこの世にはいないが残された遺族は苦渋に満ちて生きていかねばならない。その時一体誰が不憫に思ってくれるのだろうか。誰もいない。悲しみに耐える近親者のみが不幸を味わうほかない。結局は他人事、痛くもかゆくもない他人の出来事に表向き同情はするものの、少し時間がたてばすぐ他のことに走ってしまう。ついさっきまで悲しい思いが頭を支配していても、すぐ違う考えが湧き起こりそっちにいってしまう。社会の中で生きていくにはこのように不感症になった方がいいのだろうか。正義もなく恩もなく愛もなく人情もなく、ただただ無言で法律だけは守る人間。人の迷惑にならなければいいじゃないかと開き直る人間。現代はこのような新人類が激増している。助け合い、思い合う人間関係はどこに行ってしまったのだろうか。よく人は昔を懐かしむが、そういう人こそが新人類だと言える。

「昔はよかったな。人情があって、友情もあって」

そう言う人ほど己が不感症になって世間との交わりを拒んでいるのではないか。呆れた人間が集まり、呆れた国家ができ上がり、やがて戦争へと突入する。

「行けー。殺せー。やっつけろー」

国の指導者は大声でまくしたてる。そして戦況が不利になると命可愛さで真っ先に逃亡する。いつの時代も責任者が姿を消してしまう。残されたものは戸惑い、右往左往してやがて敵に殺されてしまう。

何が一番悲劇かと言えば婦人と子供が死ぬことだ。戦争に加担したわけでもない一般人が死ぬことが最大の悲劇だと言える。世界の国々が競うのもいいが、もっと人命を尊重して文化的で健康に暮らせる国家の建設を急がねばならない。私利私欲、年収、出世、ぜいたくな生活。今一度、人々は胸に手を当てて反省しなければ社会はきっとよくならないだろう。

第六章　アメリカのバッカス（馬鹿とカス）

1

南シナ海に向かったアメリカのイージス艦「バージニア」を中国軍の原子力潜水艦「黒龍」が9発の魚雷で撃沈した。これは日本の生命線とも言われるシーレーンをかたくなに守ろうとするアメリカ連合艦隊の勢力をことごとく排除する為の先制攻撃だった。

仮に日本のタンカーが原油を日本に運べなくなったら、日本の米軍基地は燃料の補給ができなくなって無力化してしまう。戦闘機は飛べなくなりイージス艦が航行不能になる。日本を手始めに痛めつけようとする卑劣な軍事行動と受け取れる。

この現状を全世界が注目する中、怒り狂ったアメリカ議会は米軍横田基地からステルス爆撃機F－22Aを12機、緊急発進させ報復攻撃に出た。民主党のオズモンド上院議員は米中の開戦をテレビで訴えた。F－22AのAはアタッカー（攻撃）を意味して特に空対地攻撃（空から地上に対して）に優れている。ステルス性とは敵のセンサーに探知されにくいことで敵のレーダーに機影が現れない。12機は合計48発の高性能ミサイルを南座諸島にある中国軍のミサイル基地に撃ち込んだ。軍島はことごとく破壊され基地としての機能が全く失われた。

事態を重く見た中国軍は急いで中国本土の基地からソ連製の旧型戦闘機「スホイ25」16機を米軍横田基地の攻撃に向かわせたが、東シナ海の上空で原因不明のトラブルが発生して洋上で全機が墜落してしまった。のちに、第三国によるサイバー攻撃を受けたものと判明した。

米軍ステルス機12機による猛攻撃を受けた中国共産党のリーダーの李主席は、業を煮やして核戦争に踏み切る意向を中国軍トップに伝えた。それはあまりにも常識がなく短絡的で無謀な賭けとも受け取れる。

屈辱を受けた中国共産党は米軍横田基地に向けて、遂に核弾頭ミサイル10発の発射準備を指令。米国政府も急いで原子力空母2隻を日本の四国沖に待機させ、北京市を目標地点として核弾頭ミサイル３００発の発射準備態勢に入った。

極度に緊張が高まる。大国間の核戦争の前触れであり、両国の関係が外交上最悪の事態を招いた。アメリカはすぐさまロシアに電話して自制を促した。もしロシアが中国を支援するならEU諸国に働きかけてさらなる経済制裁も実行すると大圧力をかける。国際競争力が低下し続けるロシアは今までのようにアメリカに逆らうことはできない。とにかく石油と天然ガスを売らなければ国が破たんしてしまうからだ。財政難のロシアは躊躇した。

しかし、中国政府は後ろ盾が欲しいので中ロ不可侵条約の締結を強力に迫っている。それと同時にこれまでいやいや手なずけてきた悪ガキの北朝鮮に、ニューヨークに向けてありったけの核弾頭ミサイルを発射するよう緊急命令を下した。

通称ヤクザの子分の北朝鮮がまず手初めにアメリカに喧嘩をしかけたあと、因縁をつけて親分の中国共産党がアメリカを八つ裂きにするシナリオが既にできている。

アメリカは北朝鮮による核ミサイル攻撃をひどく恐れている。なぜなら開発途上の北のミサイルは精度が低く、いつどこに落ちるのか全く予測不可能で、あらゆるデータを解析しても迎撃できる可能性がとにかく低い。失敗は成功の元などと、冗談を言っている場合ではない。

作戦はあくまでも机上の計算に過ぎない。悲しいかな軍関係者や科学者たちは己の非を認めない。認めれば職を失うからだ。嘘をついて給料を貰うことばかり考えている。国民の生命と財産を守ることなど、これっぽっちも考えていない。

「撃ちもらす公算が大きい中で、敵ミサイルの迎撃はあくまでも希望に過ぎない。希望の希は薄いことを意味する。望みが薄いなら完全に諦めた方がいいではないか。薄っぺらな希望なんて初めから、持つ方がおかしいと大声で叫びたいよ」

これは大陸間弾道ミサイルを独占販売するロッキード社の追いつめられた社長のコメントだった。

「やがて、アメリカは核で滅びるかもしれない」

軍需産業の大手ラストンマーチン社の社員が口を揃えて言う。

アメリカは精度の高いロシア製の核ミサイルを確実に撃ち落とす自信があっても、中国や北朝鮮のような発展途上国の安物パーツをつなぎ合わせた安価な核ミサイルを撃ち落とす自信が全くなかった。

なぜなら、弾道が不安定でしかも予定したコースを進まない。そんな状況で確実に迎撃しなければ大損害が発生する。いい加減なミサイルが飛んで来たら高性能な迎撃ミサイルでも撃ちもらすことがある。そもそも時速５００キロメートルで飛んでくるミサイル（高速ロケット弾）を数発の迎撃ミサイルで撃ち落とそうと考える方が間違っている。

迎撃とは名ばかりで実験では確かに成果をあげて実戦配備されているが、優れたコンピュータを使えば爆破される寸前でミサイルの誘導装置に進路修正信号を送れば、軌道を変えることができることをアメリカ国民は何も知らされていない。

仮に核戦争になれば強大な軍事力をもつアメリカといえども、大都市はガレキの山になってしまうことをアメリカ政府は知っているが国民に公表はしていない。なぜならもし公表すれば支持率が低下して大統領が格式の高い優雅な革張りの椅子から転げ落ちてしまうからだ。

「政治とはいつの世も欺瞞であり、詐欺である」と言ったフランスの哲学者の言葉が思い浮かぶ。

イージス艦一隻は1500億円もする。そんな高価な最新鋭の大型軍艦を数分で海底に沈められたアメリカ政府は怒り狂っていた。乗員350名は全員死亡との見方が強くホワイトハウスはマスコミの攻撃をかわすのに必死だった。

「情けない話だ。とにかく、早急に戦果をあげなければ私への批判が増大する。急いで国民の怒りを鎮めなければ、やがて大きな暴動が起きる。とにかく世論の怒りの矛先を何としてでも中国に向けなければならない。我々アメリカ人は、やられたらやり返す。たとえどんな手段を使っても必ず相手を叩きのめす。これは今まで培ってきたアメリカ国民のスピリット（精神）ではないか」

興奮が収まらないアメリカ大統領は暗い表情のケリー報道官にさらに大声でわめいた。

「仮にだな。同盟国である日本が中国に侵略されても、もはや我々には関係ないことだ。そんなことより、西部開拓で領土を広げてくれたご先祖様に笑われないようにしなくてはだめだ。この美しくて偉大なアメリカ合衆国の領土を立派に守ることが何よりも大切だと断言できる。要するにユナイテッド・ステーツ・オブ・アメリカだけが黄金のように光輝けばいいだけのことさ。他人のことを心配する暇があったら、先ず、己のことを心配しろと言いたい。我が国のみが繁栄すればいい。そして子孫に楽園を残すことに命を燃やそう。我々が世界の国々を支配する時代はもう終わった。これからは西部開拓時代を懐かしんで、静かに平和に暮らそうじゃないか」

冷静さを取り戻した大統領は顔を赤らめた後、目を落として大きなため息をついた。その場に立たされたケリー報道官は大統領の真意が聞きたくておそるおそる質問した。

「大統領、仮にですが、あの日本の尖閣が中国に実効支配されたらどうされますか」

「恐らく、中国側は漁民に変装した工作員を尖閣の近くで難破させて、救援を要請させるだろう。人道的救難救助の目的で中国海軍が大勢やって来る。そして漁民と中国海軍は一気に上陸して軍事施設の建設を急ピッチで始めるだろう。

そこで、日米安保条約で我が合衆国は空軍を出動して敵の軍事基地を破壊して、米日で上陸作戦を行い、海兵隊と日本の陸上自衛隊が合同で尖閣を奪還する」

「やはり、そうでしたか」

期待通りの答えが返ってきてケリー報道官はひとまず安堵したが、大統領の口が大きく開きあごがゆがみだした。

「しかしだな。あんな小さな島（尖閣）ごときで、経済大国の米中両国が核戦争になれば、我が合衆国が甚大な被害を受けるだろう。それで、今、密かに私が考えているのは……」

発言を止めようと思い大統領は押し黙った。話してほしいと思うケリー報道官はかたずを呑んで大統領の目を見つめる。

「残念なことに、我が国は戦争する金がないんだよ。やっぱり尖閣はあきらめよう。日本が文句を言ってきても相手にしないことだ。今、中国と戦争をすれば喜ぶのはロシアだ。宇宙軍まで持っているあのいやらしいロシアは漁夫の利（二国間が争っている間に第三国が苦も無く利益を横取りする）を狙っているぞ。ロシアに我が国の人工衛星が破壊されないように、至急手配してくれ。いいな。これは大統領命令だ」

「大統領。米日同盟を破棄するお考えですか」

「破棄などしない。手をこまねいている振りをして、例の成り行きのお任せコースで行くしかないだろう」

不可解な顔をするケリー報道官に向かってさらに続けた。

「なあ、ケリー君。俺たちは殺し屋でもなく用心棒でもない。れっきとしたアメリカ人だ。我々紳士淑女がどうして日本の為に、この豊かな生活を犠牲にしなければならないのだ。全く合理的じゃない。石ころみたいな小さな島の一つや二つ、共産主義者にくれてやればいいのさ。尖閣がもし中国に奪われたって、我々はどうってことないだろう」

ケリー報道官は反論できずうつむいたままだったが、大統領はタバコに火をつけると一気に煙を吐き出した。

「だが、核戦争だけは絶対に防ごう。我が国の人工衛星と日本の人工衛星が協力して、それと日本のイージス艦6隻に防空体制をとってもらいたい。万が一のことも考えて、我が米軍の原潜1隻は太平洋に潜らせて、空母やイージス艦は横須賀に待機させよう。とにかく金がかかってしょうがないな。この深刻な財政難では、すべからく戦費を惜しまないとまずいことになるぞ」
自分本位でこせこせして精神的にも弱い初老の人間が権力の座にしがみつこうとする様子を見て、ケリー報道官はアメリカに明日があるのか心から心配していた。

2

ところで、海上自衛隊は軍隊であり海上保安庁は警察だと認識してほしい。

戦後、連合国軍最高司令官の総司令部GHQは日本の陸軍と海軍を完全に解体した。日本が再び戦争を始めないようにと、当時の軍人をことごとく追放した。日本はロシアや中国の侵略から資本主義国家を守るための太平洋に浮かぶ軍艦島に過ぎない。

俗に言うアメリカの防波堤で裏返して言えば最前線の軍事基地でもある。アメリカの航空機やミサイルがロシアや中国に脅威を感じさせて侵攻を防ぐ。油断すればすぐさま侵略するこの野蛮人から日本を守らなければ、やがて敵の前線基地になってしまう。

アメリカの世界戦略の一環としてのこの火山島（日本）は占領軍の宝物と言える。日本があるからこそアメリカは安全で快適な暮らしが守られる。これはアメリカ国民しか分からないことで日本人の多くはこの日本列島がまさか軍艦島だとは思っていない。戦争に負けて進駐軍に憲法まで作られて、アメリカ帝国主義の手助けをする方向へと導かれていった日本は、常にアメリカ大統領の発言にビビりながら生きてきた。

政治経済国防、あらゆる分野であらゆる角度から意見を聞かされて、今日まで絶対服従を信条としてきた日本国民が、アメリカに裏切られていた事実がここに判明した。

アメリカQSS（国家戦略情報局）の元職員、スルーデン氏がロシアに亡命してダイヤモンド・スカイ（東京水爆）投下の真相をぶちまけてしまった。驚いた世界各国のマスコミはアメリカを厳しく非難した。

スルーデン氏の声明は次のようなものだった。

「日本の東京に落とされたダイヤモンド・スカイはアメリカの石油王、マクミラン会長の仕業だった。総資産5000億円、ラスベガスでカジノやホテルを経営する傍ら、海底油田の開発を手掛ける大企業家で実はあの問題児のユダヤ人だった。マクミランは以前から北朝鮮が核開発をしてミサイルを日本海に発射していたことに興味を持っていた。もし、仮に米軍の水爆が東京に落とされたら、アメリカをこれまでさんざん苦しめてきた自動車や家電製品、衣料品などがアメリカに入ってこなくなると確信した。

日本人は遊ぶことを知らない。ウサギ小屋に住んで朝から晩まで安い賃金で働く。働くことが美しいとさえ思っている。勤勉で従順な日本人は集団で助け合う国民性があるからだ。

マクミランは日本が豊かになるからアメリカが衰退すると考える。彼はサイバー攻撃を行って水爆を東京に落とした。水爆を落として儲ける仲間が大勢いる。彼の仲間は全員ユダヤ人だった。もちろん、アメリカ空軍基地にも手助けするものが何十人といた。彼らは極秘文書を偽造して指令所に送信、韓国に向かうはずの戦略爆撃機B－52を急きょ東京に向かわせた。そして買収された搭乗員によって水爆が投下された。彼らは一人5億円の報酬が約束されて任務を遂行すればフランスのモナコで優雅に暮らせる手はずになっていた」

正にサイバー攻撃と米国軍人の裏切りで行われた東京せん滅事件だとスルーデン氏は世界に発表した。

スルーデン氏はマクミラン会長の通話記録や水爆投下に関わった5人のパイロットの会話の盗聴テープや通話記録も公表した。また、ペンタゴンのオレゴン大佐やマーキュリー中佐も関与していた証拠写真や通話記録が公表された。

この報道に驚いたアメリカ政府は一連の事件にアメリカ政府は全く関与していないと激しく主張を繰り返す。なぜなら、政府高官の多くは親日派で日本を良きパートナーと思っている者が多かったからだ。

韓国に向かった米軍の戦略爆撃機B－52に対してオレゴン大佐の部下であるマーキュリー中佐がサイバー攻撃隊員10名を使って執拗にサイバー攻撃を繰り返した。B－52は異常事態になり計器トラブルが発生してやむを得ず修理の為、米軍横田基地に向かった。

Ｂ－52のパイロットたちは当初目標地点を皇居にしていたが、オレゴン大佐が国会議事堂に落とすよう命令した。要するにアホな日本の政治家どもを直接殺したかっただけで、頭上に水爆を落とされた政治家どもの顔を想像して、オレゴン大佐は大声を出して笑っていたという。

早速、ＦＢＩが捜査に乗り出したが、捜査の進展は見られないまま時間だけが過ぎていく。

アメリカ政府は今回の事件はスルーデン氏のでっち上げで、水爆投下事件はあくまでも北朝鮮のサイバー攻撃が原因と繰り返すのみだった。そして、アメリカ軍人や民間人が関与した報道を激しく否定した。

ロシアのプーリン大統領はあさましいアメリカをロシアの国営テレビでののしり、あわせてユダヤ人に対する非難も行った。

「人道主義に反する卑劣なアメリカは今すぐ国連を脱退して、全世界から経済制裁を受けなければならない。アメリカ人よ。これまで通りに生きていけるなんて、決して思うな」

と、大声を張り上げた。

ドイツの首相もフランスの大統領も、今後はしばらくアメリカ抜きで国際会議を推し進めると宣言して大いに不快感をあらわにした。しかし、意外なことにイギリスだけはアメリカ政府の肩を持つ。これに関して中国政府はイギリス政府をあざけり厳しく非難した。

「ママであるイギリスは、あんなに大きく育ったマザコン坊やのアメリカに、今もミルクを与えているのか。いい加減、子離れすべきではないのか英国政府は。我々はあの愚かなアングロサクソン人たちが到底理解できない」

3

四国の沖合10キロ付近に中国の漁船（工作船）１０００隻が集結した。沖合20キロ付近に中国海軍の空母「寧廷《ねいてい》」が艦載機16機を載せて陣取った。海底には攻撃型潜水艦50隻がまるで雷魚のようにあやしく潜航している。中国軍はイスラエルが中国漁船を攻撃したら、速やかに上陸して四国を制圧する考えだった。

イスラエルには攻撃型ヘリ「コブラ」がある。もちろんアメリカ製でこれまでパレスチナ自治区をさんざん懲らしめた実践型で、小型ミサイルの威力は大型空母の寧廷が恐れをなしている。コブラが漁船に引き返すよう警告すると怒り狂った漁船の乗組員がロケット弾をコブラに発射した。幸い被弾を免れたコブラが素早くミサイルを発射すると漁船が大破した。想定外の行動に中国海軍は慌てふためき、とにかく発砲を中止するよう指令をだしたが、近くにいた漁船が再びロケット弾をコブラに撃ち込んだ為、コブラは被弾して空中で爆発した。

イスラエル軍はすぐさま大型空母寧廷を四国にあるミサイル基地から攻撃した。精度の高いアメリカ製のミサイル20発は寧廷の中央部に大きな穴を開けて寧廷は艦載機もろとも海のもくずとなった。

この緊急事態発生でイスラエルの諜報特務庁「モサド」はこの際、一気に中国を叩き潰して中国全土を制圧すべきだと主張する。アメリカの強敵である中国を今、イスラエルが倒せばアメリカ在住の裕福なユダヤ人たちに祝福されると断言した。アメリカとイスラエルが世界を支配する広大な夢がイスラエル人の心の中に芽生えている。イスラエルには男女の徴兵制がある。男女問わず、愛国心に燃える国民性が色濃く見えるのも現実だ。祖国イスラエルに輝く繁栄があるなら、若者は戦争の犠牲になることを決して恐れない。


こうして中国とイスラエルの戦いが始まると海上自衛隊横須賀基地が騒然となった。

「よりによって、中国とイスラエルが衝突するなんて。誰が想像したであろう。ともかくイージス艦2隻を和歌山沖に進めよう」

中川海将は作戦の指揮をとった。流れ弾（核ミサイル）が本州に飛んでくる恐れがあるからだ。仮に中国が本州までミサイルを撃つようなことがあれば、即時専守防衛の措置を講じなければならない。

「やっこさん（中国軍）、あのＩＣＢＭ（大陸間弾道ミサイル）を日本に撃ち込むつもりかな。おい、狙うとしたらこの横須賀基地かもしれんぞ。やっこさんが戦争を始めるなら、すぐさま厳重な警戒態勢で攻撃の準備にかかれ」

　傍にいた川田1等海佐に伝えた。海上自衛隊は100隻の艦艇と230機の航空機を運用する。横須賀基地内は戦争開始の伝令が飛び交い、全国の海上自衛隊員たちは血気盛んに出撃の準備に入った。


　XP－1対潜哨戒機のパイロット、工藤友里子は神奈川県厚木基地の中にいた。友里子は防衛省に籍を置く幕僚長の父から連絡を受け、すぐさまGYのボスに連絡をとった。

「ああ、理香さん。友里子です。遂に中国が侵略を開始しました。海自は今、その準備で大変な騒ぎになっています。詳しくは四国沖のイージス艦『みょうこう』から、美鈴が詳細を逐次報告いたします」

「ありがとう。私たちも参戦しますから、是非楽しみにしてて……」

「もちろんです。理香さんの活躍を楽しみにしています」

「それじゃ、また連絡して下さい……」

「了解しました」

　憧れの理香に連絡して友里子はうれしさが込み上げてくる。心から尊敬する山本五十六の孫娘だからだ。友里子の父、工藤幕僚長も五十六の信奉者だった。

　厚木基地では第3航空隊の友里子が急きょ、日本に一機しかない最新鋭の哨戒機XP－1

（ジェットエンジンで飛行する。最高速度、時速950キロ）を飛行させることが決まり四国沖へと向かった。

エンジン計器類に異常がないか、ヘッドアップディスプレイを冷静な目で確認したあと、サングラスをかけ白い手袋をつけて操縦かんを握る友里子は、中国軍の潜水艦をことごとく撃沈することのみを考えていた。

「愛する日本の領海は必ず私が守る。海自の名誉にかけて……」

イスラエル軍を助ける為ではなく、忌々しい中国海軍を追い払いたいだけだ。

太平洋を西に進むと四国沖に到達し、おびただしい数の船団を発見した。漁船に見立てた小振りの工作船だった。およそ1000隻が四国を目指して進む。

敵のミサイル攻撃を回避する為に友里子はIRフレアー（赤外線センサーを欺く為に偽の熱源を機首下部から手動で投射する）をまき散らした。船団の上空を旋回するといきなり2発のミサイルが友里子の哨戒機の機体をかすった。幸い火が出ていない。

「あぶねー。本気で撃ちやがったな。いやらしい中国人め……」

専守防衛は敵に攻撃されてから初めて反撃できる決まりだった。

「まず手始めに、潜水艦をやりましょう」

XP－1は速度を時速360キロに落とし、高度60メートルまで降下した。そして150キロ対潜爆弾を投下した。数秒後、海面が白く濁り泡が噴き出してきた。

「やったー。次も潜水艦を仕留めるわ」

ＸＰ－１は次の獲物をレーダーで捉えると再び、対潜爆弾を投下した。

「うれしい。２隻目も撃沈したわ」

突然、副操縦士の千里が不安な声で叫んだ。

「やばい。友里子。レーダーに機影が。敵機襲来。戦闘機６機が急接近するもよう。このままじゃ、やられてしまうわ」

千里が心配そうに見つめる。気が動転してかなり神経質になった友里子は疲労の色を隠せない。

「了解。心配は、御無用だっちゅうの……」

思う存分敵潜水艦を叩く作戦を急きょ中止して、友里子は力強く操縦かんを引き機体の高度を上げた。

「友里子、大変。敵の射程距離に入ったわ。警戒して、ロックオンされたら終わりよ」

「了解。ねえ、千里。少し黙っててくれない。もの凄く気が散るから……」

友里子は急旋回して前方を見つめた。すると見たこともない黒い戦闘機が２機近づいてくる。ものすごい速度で超音速の乱気流を駆け抜けるミサイルが発射された。ミサイルはＸＰ－１を通過すると中国軍の「スホイ」に命中して閃光が輝き白煙と共に敵機は消えた。

「やだー、どうなってんのこれ。わけがわかんない。あの戦闘機、めっちゃ速い。あっと言う間の出来事で、私の目がカーッと熱くなったわ」

一瞬で、「スホイ」6機が四国沖の上空で炎上し跡形もなくバラバラに吹き飛んだ。

「スホイ」を叩き潰したのはアメリカの新型ステルス爆撃機F－22の2機だった。

彼らはその後、中国軍の新型空母「001」に接近して飛行甲板で待機する残りの「スホイ」10機めがけてミサイル攻撃した。ミサイル2発が一団の「スホイ」を完全に吹き飛ばした。するとものすごい黒煙が上空を覆い、甲板が真っ赤に燃え広がった。


突然、友里子に無線が入った。

「XP－1。よく聞け。我々はミスター・ノダの指令で君たちを援護した。俺のミサイル4発は全て使い切った。残念だが玉切れだ。この攻撃を成功させる為に、空母の阿呆は君たちが撃沈してくれ」

「助けてくれてありがとう。私は工藤友里子。あなたの名前は……」

「俺か。俺はトム・ジャクソン。ミスター・ノダのダチさ」

「本当にありがとう。今度、食事をおごらせて……」

「おお、そいつはうれしいぜ。シャンパンとイチゴも頼む。シャンパンはフランス産のコレットがいい。そうそう、あの足のきれいな山本理香にも宜しく伝えてくれないか」

命を救われた友里子は体を揺らして喜んだ。

「了解です。私、貴方が大好き。もう、全身がしびれました」

「ありがとう。いつか会う日まで、元気でいてくれ」

任務を遂行したステルス機はマッハ２の速度で帰還した。


友里子は新型空母「００１」の破壊に神経を集中した。しかし、冷静に考えると残りの装備は魚雷８発と対潜爆弾４発とハープーン対艦ミサイル２発しかない。対抗手段がなく、いらいらしながらまごつく有り様だ。密かに工作しなければ。その思いが頭の中を駆け巡る。果たしてあのバカでかい空母を沈めることができるのか。友里子は空母を撃沈する自信が全くなかった。もちろん体当たりして敵空母と刺し違えるつもりはない。後部座席のフライトエンジニア（機上整備員）は、さっきから無言で憂うつな目で友里子の行動を見守っている。顔色の悪い通信担当者も落ち着きをなくしている。相当我慢しているようだ。顔が引きつって今にも大声を出しそうな様子だった。たとえ任務とはいえ、死に対する恐怖が彼らを襲い始めたからだ。

「どうしよう。もし失敗したら、海自の恥になる。ああ、理香さんがひどく悲しむわ」

中国軍の航空母艦「００１」は全長３００メートル、排水量６万トン、乗員２０００人を乗せている。中国軍は不沈空母と絶賛し、数発の魚雷攻撃では簡単には沈まない難攻不落の海の要塞だ。

そもそも、潜水艦攻撃用のＸＰ－１哨戒機は空母に立ち向かうだけの武器弾薬を持ち合わせていない。今、突き進めば、戦闘機よりずっとのろいＸＰ－１は敵空母のミサイル攻撃の餌食になるだけだ。そしてすぐさま空中で大破するだろう。逃れられない悲しい運命が立ちはだかる。友里子は息も絶え絶えに思いあぐねた。

「どうすればいいの」

額から汗が流れ落ちた。決断の時が迫る。苦しい胸の中が早く晴れてほしいと願う。

ステルス爆撃機Ｆ－22はマッハ２の速度で飛行する。ちなみにマッハ１は音の進む速さと同じで、時速１２２４キロ前後になる。超音速ジェット機の超は音の速度を超える意味に使われている。

「やっぱり乗員10名の安全が第一ね。そして敵空母の最新鋭のミサイル攻撃がどうしても怖い。この際、大人になって見栄を張らないことね。ここは一つ正義感の強いA型の美鈴に頑張ってもらうしかないわ」

このままでは自分自身が納得できない。敢然と立ち向かう勇気は持っている。決意を固めるまでの苦渋に満ちた時間だった。早速、友里子はイージス艦「みょうこう」に精一杯哀願する気持ちで連絡した。

「美鈴、聞こえる。私、友里子。ねえ、お願い。四国沖20キロに中国軍の新型空母『００１』

がいるわ。海自が誇る最新鋭のイージス艦で、早くバケモノを破壊してくれない」

「でも、上からの攻撃指令が出てないわ。友里子、これは規律違反に相当するわよ」

美鈴のでくのぼうで煮え切らない態度にひどく腹がたった友里子は大声で叫んだ。

「バカも休み休みに言って。幕僚長の娘の命令が聞けないの。今が、敵空母を沈めるチャンスなのよ。さっさと任務を遂行しなさい。でないと海自の恥になるわ。美鈴、あなた、ボス（理香さん）に怒られてもいいの」

わめき散らしてひどくうろたえる友里子に、冷静な美鈴は素直に引き下がった。

「了解しました。すぐ艦長に伝えて攻撃を開始します」

迅速に空母撃沈の作戦を行う為なら、この際、海自の指揮系統を乱しても仕方あるまい。手っ取り早い方法で敵空母を早く攻撃しないと、いつどこから無数の敵ミサイルが飛んでくるかもしれない。後にも先にもこの計画が失敗すれば海自の被害が拡大するのは明らかだ。友里子は自分の考えがおおむね正しいと判断していた。

しばらくして「みょうこう」が友里子の指示通り40発もの新型ミサイルＳＳＭ－１Ｂ（90式艦対艦誘導弾）を次々と発射して反撃に出た。

ＳＳＭ－１Ｂは四菱重工業が製造、直径が約40センチ、長さ5メートル、射程距離は１５０キロ以内、時速１１５０キロメートルの速度で飛ぶ。

中国軍空母はイージス艦のミサイルによる猛攻撃を受けて黒煙を立ち上らせながらゆっくりと海に沈んでいった。現代の日本のイージス艦はあの古き戦艦大和をはるかに超える攻撃力を備えている。

「ああ、レーダーから空母の艦影が消えたわ。敵空母撃沈ね。お見事、みょうこう。素敵、大好き。かっこいい」

うれしさのあまり、泣きながら友里子は抑えられない喜びを無線に乗せて横須賀基地に伝えた。敵を叩き潰す為とはいえ、常軌を逸した行動は基地に戻ってから十分説明する責任がある。

「工藤2等海尉。今後は、二度とされまい……」

と、笑顔で上官に言われるのを友里子は期待してやまなかった。

四国沖に群がる中国漁船団と潜水艦が突如、反転して大移動を開始した。

「美鈴。やつらがあきらめて引き揚げるわ。ひとまず、今日のところはこれで終了ね。恩にきるわ。美鈴、大好き。本当にありがとう」

大きく息を吸って友里子は得意げな表情で青海原を見つめていた。すると、父である工藤幕僚長から無線が入った。

「友里子、私だ。よくやった。お前の状況判断はとても素晴らしかった。父として、このような喜びは今まで一度も経験したことがない。実にうれしい。我が子の大活躍が。私はお前に心から感謝する。今は、正に勇敢な娘だと海自の全隊員に、声を大にして自慢したい気持ちでいっぱいだ」

　無線を全国の隊員が聞いている。うれしさが込み上げて友里子の目から大粒の涙がこぼれた。久しく会っていない父がこんなにも喜んでくれるとは。その喜ぶ有り様が目に浮かぶと友里子は平和な海を見つめた。

「私は、ミスター野田に感謝しなければならない。ああ、なんて素晴らしい人なの。心から尊敬するわ」

　友里子を乗せたXP－1は任務を立派に遂行して、大きく胸を張って基地へと戻っていった。

4

　遂に日中開戦の火ぶたが切られた。中国軍は中国共産党の名誉にかけて日本を叩き潰すと声明を発表。それに対して日本の臨時政府は国土防衛にあらゆる犠牲もおしまないと反論した。

　先制攻撃ができない日本には弾道ミサイルや戦略爆撃機がない。だから6隻のイージス艦と新型空母「ほうしょう」が頼りだった。「ほうしょう」にはF－35C戦闘機が16機艦載されている。護衛艦「あきづき」は味方のイージス艦が敵のミサイル攻撃に全能力を集中して対応する時、ミニ・イージス艦としてイージス艦をしっかり護衛する。もちろん、航空機を撃ち落としたり、潜水艦も攻撃する。しかし、イージス艦は同時に戦闘機10機しか応戦できない弱点もある。最近では魚雷も進化して、まずロケットで魚雷を飛ばして、敵艦の近くで海中に潜らせるものが増えてきた。海中は水の抵抗を受けて着弾までに時間がかかる欠点がある。


中国軍が核爆弾を搭載した大陸間弾道ミサイルの発射準備に入ったので、米軍のスパイ衛星が基地を入念に撮影した。この知らせに驚いた正男はヨゼフとロゼッタにすぐ連絡した。

「また、日本に核が落とされるかも。銀鉱洞で待っている。すぐ来てくれ」

日本の防衛の為に陸上自衛隊15万人、航空自衛隊4万人、そして海上自衛隊4万人が開戦に向けて大きく動き出した。

四国沖で海自の護衛艦「ゆうべつ」が中国軍の駆逐艦を砲撃した。航空自衛隊のF－15戦闘機30機が大編隊を組んで四国沖に向かう。海自の護衛艦「きりしま」が中国軍の発射した弾道ミサイルをSM－3で迎撃した。日本の国内にある陸自の地対空迎撃ミサイル「PAC－3」が全機、中国大陸に向けて迎撃準備態勢に入った。

開戦間際の軍事行動は極度の緊張が高まる。果たして日本は本土防衛に成功するだろうか。あの230万人もの中国軍が攻めて来たら日本は一体どうなるだろう。大型輸送艦は戦車10両か大型車両40台のいずれかを運び、併せて330人の兵隊も運んでくる。まさに、蒙古襲来。日本国民は息を殺して中国軍の行動を警戒していた。

正男はヨゼフとロゼッタの３人で山形にある銀山温泉に到着した。スーパーコンピュータを一刻も早く動かさなければならない緊急事態に突入したからだ。中国軍の侵攻は予断を許さない。大陸間弾道ミサイルが日本に発射される前に手を打たなければならない。３人は薄暗い銀鉱洞の中を進んだ。警備ロボットは正男にお辞儀すると速やかに３人を中に招き入れた。初めて見る光景にロゼッタは思わず声をあげた。

「オオ、ワンダフル。こんな山奥に、こんな大きなコンピュータがある。わたし、びっくりポンや」

正男は二人にゆっくり説明した。

「このコンピュータはディープ・ラーニングをする。つまり、自分で学習してその学習を繰返すんだよ。ずば抜けた人工知能をもつスパコンと思えばいい。今、ロボットたちが暗号とパスワードの解明をやっている」

「でも、何の為ですか。わたし、わかりません」

協力していいのか判断に迷うロゼッタが落ち着いた正男の目を真剣に見つめた。

「我々、３人でこれからサイバー攻撃をしかける。相手国は北朝鮮、中国、アメリカだ」

「どうして、攻撃するの。悪いこと、していけません」

「昨日、中国が日本の四国を攻めてきた。イスラエルは本国にある80発の核ミサイルを既に四国に運び込んでいる。無謀なイスラエルは中国と核戦争を始めるつもりだ。だから先ずそれを阻止する」

突然のことでヨゼフは驚いて声が全く出ない。正男は二人に理解してもらえるように優しく言った。

「7000発の核兵器を持つアメリカは直接中国と戦争ができない。なぜなら中国は260発の核兵器を持っているから。そこでイスラエルに代理戦争をやらせるつもりでいる。四国にあるイスラエル軍の基地はアメリカから運ばれた高性能の武器弾薬で溢れている。アメリカ海兵隊が密かに輸送に加わっているらしい。海兵隊の奴らはイスラエル軍の軍服を着て戦うと聞いた。だから、四国をわざわざイスラエルに割譲したんだ。ずるがしこいアメリカは狡猾なサメのようだな……」

「そうだったのか。俺の祖国はアメリカに利用されているのか。悔しいぜ……」

ヨゼフが暗く沈んでいると、険悪な目つきのロゼッタはイスラエルが核ミサイル80発を国内に隠し持っていたことに突然怒り狂った。

「私、もう頭にきた。ヨゼフ、いい。質問に答えなさい」

ロゼッタが目を吊り上げてヨゼフに殴りかかると冷静な正男が素早く仲裁に入った。

「おい、よせよ。ロゼッタ。ここで中東戦争を始めるつもりか。ここは日本だ。日本の柔道が泣くぞ。君たちの口論に付き合ってる暇はない」

二人は柔道という言葉が耳に入って急に冷静になった。

「とにかく、我々の手で核戦争を阻止しなければならない。広島、長崎、東京を見れば、どれほどむごたらしいか、君たちにも分かるはずだ」

正男は白いロボットにお辞儀をすると隣に座ってキーボードを叩き始めた。

「ヨゼフは中国のサイバー攻撃と戦え。ロゼッタは北朝鮮を頼む。私はアメリカのペンタゴン(国防総省)をハッカー攻撃する」


しばらく沈黙が流れた。するとそこに突然、誰かが入って来た。警備ロボットが自動小銃を速射した。しかし、敵は特殊部隊なのか、動作の遅い警備ロボット3台は一瞬で破壊されてしまった。

「おい、聞こえるか。全員作業をやめて立ち上がれ。さっさと手を頭の後ろに回せ」

危険を感じた正男は大声で言った。

「ヨゼフ。早くしゃがめ。ロゼッタも……」

ヨゼフとロゼッタがしゃがんだ瞬間、凄まじい銃声が鳴り響いた。敵の特殊部隊6名が後ろから撃たれて声を上げて倒れ込んだ。背後に自動小銃を構えた兵士たちが大勢現れた。

「ああ、よかった。間に合って。中国軍が銀鉱洞に向かったと、連絡があったの」

正男は声で分かった。

「理香さん。君か。本当にありがとう。もう駄目だと思ったよ」

「奴らは中国軍の特殊部隊ね。どうしてここが分かったのかしら。正男さん、間もなく空挺部隊を乗せた大型輸送機C－1が来るから安心して。ところで、こんな山奥で一体何を始めるつもりなの」

正男は椅子を見つけると理香に座るように言った。

「核戦争が起こらないように、やんちゃな国にお仕置きをするところです」

「お仕置き。ああ、あれね。月に代わってお仕置きよ、って言うやつね。確かセーラームーンだったわね。正男さんは、いつからセーラームーンのファンになったの」

正男は頭をかきながら苦笑して言った。

「それでは、始めよう。理香さんはここの温泉に入ってゆっくりして下さい」

「ありがとう。でも、あなたをしっかりガードしないと日本も終わりだから。やっぱりここにいるわ」

「どうぞ、ごゆっくり。何かお飲み物でも……」

「大丈夫。隣で静かにしていますから」

正男はヨゼフを見つめた。

「どうだ。侵入できそうか」

「まだ、分からない。でもさ、パスワードがないとログインできないよ」

「ヨゼフもロゼッタもＮＳＡ（アメリカ国家安全保障局）にアクセスして中国と北朝鮮のパス

ワードを探れ。奴らも情報をかき集めているからな。ここにあるスパコンが素早く検索してくれるはずだ」

　理香が携帯を取り出した。米国の調査機関シモンズと連絡をとっていた。

「ジャック。ありがとう。あなたには深く感謝するわ……」

　理香はメモを読み上げた。

「中国のパスワードは毛沢東万歳で、北朝鮮のパスワードはキム・イルソン第一書記よ。６ケタのコードナンバーはここにいるおちびさん（ロボット）たちにやらせて」

　数分後、コードナンバーがわかった。ヨゼフが大声で言った。

「ロゼッタ。君のコードナンバーは８８９６７４だ。俺は１１５６１５だ」

「了解。すぐやってみるわ」

　正男は自分の検索するナンバーは頭に入っていた。これはあの亡命したスルーデン氏から聞いたものだった。

「俺のコードナンバーは１８４７７１とミサイル発射コードは１２８３４９だ。そうだ、パスワードがまだだった」

　正男はＯＳＳ（アメリカ戦略情報局）にアクセスしてスパコンに検索させた。

　数分後、スパコンが「自由の女神」と「エイブラハム・リンカーン」と答えを出した。

「スパコン京は凄いな。それじゃー、サイバー攻撃に移ろうか」

ロゼッタはパソコンの操作に慣れているので笑顔で画面を見つめている。しかし、ヨゼフは少し苦手のようだった。

「いいか、よく聞いてくれ。ヨゼフは中国の核ミサイル発射基地を全て混乱させてくれ。そしてロゼッタは北朝鮮の核ミサイル発射基地を全て混乱させてくれないか。先ずは核戦争を未然に防ぐことが大切だ。とにかく敵のシステムを停止させよう。さあ、作業を始めてくれ。もし必要なら、ここにあるスパコンが活躍してくれるはずだ……」

正男は二人に作戦司令したあと、米国ワイオミング州空軍基地を狙い撃ちにした。

「アメリカのＩＣＢＭ（大陸間弾道ミサイル）であるミニットマンを東シナ海と南シナ海に一発ずつ発射してみるか。中国共産党は度肝を抜かれるだろう」

ＬＧＭ－30ミニットマンは陸上発射型でローイング社が製造、一発が７億７千万円もする。

正男はワイオミングの空軍基地に不正アクセスして２発のミニットマンを大気圏に飛ばした。核のないミサイルは放物線を描いて中国寄りの東シナ海と南シナ海に着弾した。そして20発の核弾頭ミサイルの発射準備に入ったことと、目標は北京市だと中国軍司令部にメールで知らせた。

そのあとすぐ、ヨゼフは中国の原子力発電所のコンピュータに侵入して停電させた。電力が無い為、中国軍のサイバー攻撃が中止された。四川省の原子力発電所の原子炉がメルトダウンを開始、放射能漏れが中国軍司令部を悩ませた。

中国軍司令部はシステムが異常事態となり完全にシステムダウンした。上海上空を飛行する「スホイ25」6機が計器の故障で次々に海に墜落した。中国の潜水艦50隻が突如潜航不能となり空気がない為、暗黒の海底に次々に沈んでいった。

アメリカの軍事介入で中国政府は慌てふためき、軍事システムの復旧ができない。そして遂に日本に対して「即時停戦」を発表した。

一方、北朝鮮も寧辺の原子力発電所がトラブルを発生させてミサイルや戦闘機が制御不能に陥り、日本に対して降伏する声明を発表した。

アメリカのミニットマンが四国沖に着弾した。イスラエル軍は青ざめ、アメリカ政府に真意を打診した。すると答えが返ってきた。

「正体不明の第三国がサイバー攻撃をしかけている。下手に行動に出るものなら、身を滅ぼすことになりかねない。イスラエルは、何があっても絶対に核を使うな」

イスラエル軍は軍事作戦が宙に浮いて、やむをえず引き下がることにした。

5

しばらくして、北朝鮮の大陸間弾道ミサイル「ぴょんやん」が3発、ハムギョン基地からアメリカ・ニューヨークに向けて同時に発射された。スーパー京がけたたましいアラームを鳴らした。

「警告。警告。緊急事態発生。緊急事態発生。核ミサイルが発射されました」

コンピュータの音声が流れ、全員が緊急事態を予測した。

「ヤバい。14分でアメリカの大都市が破壊されるぞ。ミサイルに内蔵された航法装置をすぐさま停止できないのか」

正男は急いで携帯電話を取り出し、ロシアのクレムリンに告げた。

「作戦コード。チャイコフスキーに愛を。すぐプーリン大統領に伝えてくれ。私の名はマサオ・ノダ。大統領の友人だ。とにかく時間がない。大至急連絡を頼む」

電話を切ると正男の額から汗が流れた。ヨゼフが事態を見守る。同胞のアメリカが核攻撃を受けてしまうからだ。ロゼッタと理香もかたずを呑んで事態を見守る。正男の指が小刻みに動く。息が苦しくなって正男は頭をもたげた。

「動くかな。ロシア政府は。きっと動くはずだ。ロシアは7300発の核兵器を持っている。ロシアは核兵器の使用に反対する国であり、それと同時に全世界がロシアの博愛に満ちた行動を見守っている」

気が動転した正男はロシアにいるスルーデンに直接訴えた。

「ああ、俺のミスだ。もう間に合わない。アメリカに核が落ちる」

「正男。お前のせいではない。悪いのは北朝鮮だ。降伏したのに、やぶれかぶれで核を撃つなんて、最低の大バカ野郎だ。

ああ、今、レニングラードにあるロシア航空宇宙防衛軍が動き出した。ロシアが誇る最強マシーンの宇宙ステーション『スターリン』がゼロG（無重力）でレーザービームの発射準備に入った。もちろん、プーリン大統領の命令で」

スターリンには空気を必要としない原子力発電装置が1基あり、膨大な電力がレーザービームを生み出す。5メガワットの自由電子レーザービームは重力で軌道が曲がらないので的確にミサイルを溶かすことができる。

「おい、レーザー照射機が1発を大破した。ああ、続いて2発目も大破した。おい、3発目が間に合わない。大変だ」

スルーデンが信じられないという声で叫んだ。正男は頭を抱えて息を呑んだ。いら立つ理香は素早く携帯を取り出して小声で話した。

「ああ、そうなの。それは、良かった。ありがとう。凄く心配したわ」

理香は正男をちらりと見て思わず微笑んだ。

「安心して。3発目はアメリカのイージス艦が撃ち落としたそうよ」

「良かった。本当に良かった。人命が救われて。俺は、もう駄目だと思った」

「大惨事にならなくてうれしいわ。これで終了ね。みんなよくやってくれたわ。本当にありがとう」

理香はうれしさのあまり目に涙をいっぱい浮かべ、一人で外に出て行った。

作戦が成功して3人が喜んでいると、あわてて理香が携帯を持って戻ってきた。

「大変、国籍不明の戦車が3両、こっちに向かっているそうよ。標的は銀鉱洞、しつこく攻めて来るわね」

深刻な事態になって正男は思わず目を閉じた。

「マズいぞ。これは。戦車もサイバー攻撃できるが今は時間が無い。他に手段がないかな。戦車の弱点は」

スパコンが答えを出した。

「戦車は後方が弱点で次にキャタピラーが弱点と教えてくれた」

正男は理香に言った。

「理香さん、武器は何がある？」

「手りゅう弾6個と自動小銃6丁、スモーロケットランチャー1台とダイナマイト20本かな。手りゅう弾はレモン型。ロケットランチャーはイスラエルが開発してアメリカが改良した対戦車用よ。ちなみにロケット弾は1発、５００万円もするんだけど……」

イスラエルと聞いてヨゼフが喜んだ。正男は緊張して言った。

「ヨゼフ、君は運搬係だ。ロケットランチャーとダイナマイトを運んでくれないか」

「了解。二人で戦争をおっぱじめるつもりだな。この俺の血が熱く燃え上がるぜ」

「俺は手りゅう弾3個と自動小銃を持って先に行くから、俺の後をついて来い。ヨゼフ、スパコンが教えてくれた。最後尾の戦車から順番にやっつけよう」

「わかった。勇敢な正男に勝利を……」

理香が二人を止めた。

「待って。私は何をすればいいの」

「この美しいロゼッタを守ってくれないか」

「いいわ、任せて。でも私の部下はいらないわけ」

真剣な眼差しで正男は不服そうな目をする理香をいとおしむように優しく言った。

「これは、俺の戦いだ。君の大切な部下を危険にさらすことはできない」

「ありがとう。気を遣ってくれて。いつでも援護するから、とにかく頑張って……」

正男は武器を受け取るとヨゼフと温泉街を駆け抜けた。そして理香に借りた黒いジープに乗り込んだ。

「正男さん、戦車はこっちに向かっているわ。ここから10キロの地点で時速20キロよ。凄く不安を覚えるわ」

「了解。君は本当に素晴らしいアシスタントだ」

時速20キロと言えば自転車並みのスピードだ。正男は道の真ん中に車を止めてボンネットを開いた。そして発煙筒に火をつけてエンジンルームに投げ込んだ。煙がもくもくと立ち上り、黒いジープはまるで故障車のように放置された。

「最後尾の戦車を狙おう。おそらくこの辺りに止まるだろう。あくまでも戦車のケツから急襲しなければならない。ああ、どうか。戦車が突如、機動展開しないことを願う」

ヨゼフは窪地に身を隠すとロケットランチャーを組み立てていた。

「3両の戦車が停止した時がチャンスだ。ここで失敗したら、銀鉱洞がやつらに奪われてしまう。ヨゼフ、覚悟はできたか」

「異常なし。少し手が震えるけど大丈夫だ。正男から貰った金はおふくろに渡した。すげー喜んでくれたよ。おふくろは」

「そうか。それはよかった。とにかく、やり遂げよう」

騒音が近づく。振動も伝わってきた。風下なのか戦車から出る排気ガスのにおいが次第にきつくなってきた。戦車が目視しうる距離に達した。バカでかい大砲が大きく揺れている。恐怖が正男を襲った。

「いよいよだ。俺がダイナマイトで戦車のキャタピラーを爆破する。戦車のハッチが開いたら、手りゅう弾をおみまいしてふたをする。君は俺の援護を頼む」

「了解。俺は民間軍事要員として正男をこの自動小銃で守ってやるからな」

正男は後方の戦車に近づき、ダイナマイトに火をつけて車輪の中に投げた。そしてすぐ戦車によじ登った。キャタピラーがはずれて戦車が急停止するとハッチが開いた。正男は戦車の中に手りゅう弾を投げ込みふたをした。すぐ戦車から飛び降りた。爆発で戦車が大きく揺れ中から白い煙が出てきた。全員即死だった。

正男は2両目の戦車に近づき、ダイナマイトに火をつけた。キャタピラーが爆発ではずれた。ハッチが開いた。素早く手りゅう弾を投げ込んだ。2両目が大破した。

「ヨゼフ、ロケットランチャーを俺にくれ。敵は警戒している。同じ手を使ってはダメだ」

ロケットランチャーは全長76センチ、重量8キロ、射程距離500メートル。ロケットの口径は8センチ。戦車を一発でしとめることができる。

正男はロケット弾を装填したランチャーを肩にかついで息を止めてスコープをのぞいた。

「先頭の戦車はこれで吹き飛ばしてやる」

威嚇するなり戦車の大砲がゆっくり左に90度回転して正男に照準を合わせた。戦車との距離は30メートル。大砲は水平と垂直に動くので、動くものを狙うのには時間がかかる。正男は右前方45度の方向を10歩進んだ。戦車は照準を合わせる為に大砲をずらした。5秒以内に先に撃たなければやられてしまう。

正男はキャタピラーの真ん中にロケット弾を発射した。ロケット弾は戦車の横腹をえぐった。

黒煙が立ち上り大きく燃え広がった。そして大破した。黒煙が戦車を覆い隠した。このロケット弾の威力に二人は驚いていた。そしてあらためて戦闘の凄さを実感した。

「ヨゼフ、勝ったぞ。俺たちは戦いに勝った」

正男の目に涙が溢れるとヨゼフも大声を出して泣き出した。

少したってから上空に飛行機が現れた。陸自の大型輸送機C－1だった。わずか8分間で55人の隊員が大空に飛び出した。パラシュートをつけた陸自の最強部隊、習志野の第1空挺団がゆるやかに地上に降りてくる。小銃を持った隊員全員が無事降下すると破壊された3両の戦車を取り囲んだ。

これまでの緊張が一気に解けて理香が大声で叫んだ。

「今ごろ、のこのこ来やがって。遅い、この馬鹿ども。私が月に代わってお仕置きしてやる」

正男は理香の様子に驚いて思わず笑ってしまった。今ここには力強い味方が大勢いる。これで銀鉱洞が完全に守られる。正男は任務を遂行したことに満足して抑えきれない喜びが全身を覆った。

「ねえ、質問があるけど、聞いてもいいかしら……」

普通の女性とはどこか違う雰囲気のある理香は落ち着いた様子で言った。

「何ですか。質問って……」

「あなたは、一体何者なの。物静かで几帳面。たった一人で戦車を3両も破壊するなんて、大胆で勇敢すぎる。私、驚いたわ。あなたの正体が是非知りたいの」

色っぽい目で甘える声を出した。

「私ですか。私は陸自の最強部隊第1空挺団から選抜された特殊部隊の隊長です。家田防衛大臣の親友です。これは内密です。部隊名はSFG（国防の為に、汗と涙と血を流す特殊部隊）で、作戦は隠密にしかも安全にやるのが我々の任務です。隊員は300名で、本部は千葉県の習志野駐屯地にあります。私は内閣府の国家安全保障局より直々に特命を受け部隊を率いる指揮官で、もし仮に殺人を犯しても一切おとがめはありません。そうそう、あのロシアのプーリン大統領とは柔道仲間です」

「そうなんですか。凄く驚きました。それはそれは、大変失礼しました。私はある人からミスター野田をマークしなさいと言われ、ずっとあなたの行動を監視してきました。もしかして、二重スパイではないかと。だって、たびたびロシアと通信されるから……」

仕草が可愛いと思った正男は苦笑いして理香の白いほおを優しくつねった。

「誤解してたようね。ごめんなさい。お分かりでしょう。私の今の気持ちを。ねえ、お願い、正男さん。プリーズ・キス・ミー」

笑みが消え、薄い唇が少し開くと理香はすーっと両目を閉じた。

ロシアの諜報機関KGIは一連の事件を追っていた。

「中国、北朝鮮はともかくあの軍事大国のアメリカの手までひねりあげたのはどこのどいつだ」と、声を大にして叫んだ。

九州から中国軍が完全に撤退した。北海道からロシア軍が完全に撤退した。しかし、イスラエル軍だけは四国の駐留を続けようとする。アメリカの説得を拒絶して四国を日本に返還するつもりはなかった。

真相究明に奔走したアメリカ政府は非を認め日本国民に陳謝した。そしてこれまでの行動を深く反省して日本の復興に手を貸すと表明し、東京に米国軍隊10万人を駐屯させ、がれきの撤去作業を始めるという。死にかけた日本は今まさに立ち直ろうとしていた。

エピローグ

国際社会が大きく揺れ動き、奇しくもあのアメリカ大統領が拳銃自殺してこの物語の幕がおりた。

アメリカは敵国ロシアに救われた形となり、これまでロシアに相当意地悪をしてきたことを深く反省した。

ニューヨークに原爆が発射されたあの日をアメリカの国辱の日と定め、それと同時にロシアに感謝する日とした。アメリカ合衆国はロシア国民に対して心から敬意を表し、人類の繁栄に協力することを誓った。

「万人に告げる。我々は同じ人間ではないか。世界各国の人々よ。共に心から平和を願おう。そして人類の幸福の為に核兵器を全て廃絶しようではないか」

これはEU（ヨーロッパ連合）にさんざん馬鹿にされてきたあのロシアのプーリン大統領の熱いメッセージだった。

完

寺島　祐（てらしま　ゆう）

1955年、愛知県に生まれる。同志社大学経済学部卒業。埼玉県に家族５人で暮らす。尊敬する作家と作品は芥川龍之介『杜子春』『蜘蛛の糸』、三島由紀夫『金閣寺』、水上勉『飢餓海峡』、樋口一葉『たけくらべ』。尊敬する人は新島襄。趣味はゴルフ。

著書
『転ばぬ先の杖でございます。肝に銘じて損はないでしょう。』（文芸社）
『愛の償い』（文芸社）
『エイズの世界へ ようこそ』（東京図書出版）
『残酷葬　名古屋堀川物語』（東京図書出版）
『悪魔の幻想曲』（東京図書出版）

人類最悪のシナリオ
東京水爆投下の大悲劇

2017年２月１日　初版発行

著　者　寺島　祐
発行者　中田典昭
発行所　東京図書出版
発売元　株式会社 リフレ出版
〒113-0021　東京都文京区本駒込 3-10-4
電話 (03)3823-9171　FAX 0120-41-8080
印　刷　株式会社 ブレイン

ISBN978-4-86641-013-5 C0093
Printed in Japan 2017